「私の心はすでにマナイにいるの。
早く遠くの海に沈む
サンセットを眺めたいわ」
ミレイネ・
リクトリア・
クロイデン

レイナ・グラウス
「これだけ緻密な計算をして安全にローグさまをお届けできるのは
アルデア海軍にはレイナ・グラウスを除いておりませんっ!!」

「しゃ、しゃいにんぐ
ばーすとおおおおおおっ!!
え、えくすとりいいいい
むううううううっ!!」
カナリア

「アルデア中立王国の国王はまだ幼いとは聞いていたが、
よもや、このように可愛らしい君主だったとは」
リルア一世

悪役貴族の最強中立国家2

あきらあかつき

角川スニーカー文庫

24340

Contents

プロローグ

クロイデン王国王都カザリアから小さな山を一つ越えたところにシャリン村という名の集落がある。

一〇〇人前後の人間で構成されたこの村は、王都カザリアから徒歩で三〇分という利便性の高さにもかかわらず、王都の騒々しさは微塵《みじん》もない。

自然に囲まれたこの村に住む者の多くは農業を営んでおり、午前中にはせっせと農作業をする姿、午後になれば畑近くのベンチでお茶を飲みながら談笑を楽しむ村民の姿を見ることができる。

この村では時間がゆっくりと進む。

都会とは違って代わり映えしない生活だが、それでも心に安らぎを与えてくれる穏やかな空間。

ラクアはこのシャリン村のことが大好きである。

ラクアはいつまでもシャリン村のこの景色が変わらないことを願っているし、もしもシャリン村に危険が迫ったときは命を懸けてでも守りたいとも思う。

そう、父親のように。

魔王に勇敢に立ち向かい、最後まで戦うことを諦めなかった父のように。

雪のちらつくシャリン村から北西に数キロ歩いたところに大きな山がある。と言っても
シャリン村を取り囲む小さな山の中では一番大きいというだけなのだけれど、それでも体の小さなラクアにとっては大きな山である。

幼い頃から魔物が出るので近づくなと父から口酸っぱく言われていたその山が、最近のラクアにとっての遊び場だった。

父の言いつけを守らずに山に入っていることはラクアにとっては少し後ろめたくもあるのだけれど、それ以上にラクアの強くなりたいという向上心が父の言いつけを破らせた。

ラクアは今日も鍛錬を積む。

父の遺品である魔法杖《まほうじょう》を片手にこの大きな山を縦横無尽に駆け回ることが今のラクアの日課だった。

「シャイニングバーストッ!!」

彼がそう叫ぶと魔法杖の柄頭《つかがしら》に取り付けられた魔法石が目映《まばゆ》く光り、いくつもの細い光が螺旋《らせんじょう》状に渦巻き、前方に向かって伸びていく。光に触れた木々はもれなく文字通り根こそぎ吹き飛ばされてそのまま焼失した。

我ながらなかなか上達した。前方に向かってえぐれる土と木々が焼失したことによって生まれた新たな山道を眺めながらラクアはそう思う。

父が死んでから半年間、ラクアは休むことなくこの山で鍛錬を続けてきた。

一日でも早く父のように強くなりたい。また魔王が攻めてきてもシャリン村のみんなを守れるようにならなきゃならない。

その一心で、ラクアは雨の日も風の日も躊躇《ためら》うことなく、この山で鍛錬を続けてきた。

とはいえ魔術を教わる前に父を亡くしてしまったラクアには、鍛錬と言っても何から始めれば良いのかわからない。

魔法杖をかまえて父の真似《まね》をして『シャイニングバーストッ!!』と唱えたところで、当然ながらなにも起こらなかった。

それでも父の見せてくれた魔術の記憶を頼りに、見よう見まねで魔法杖を振り回していると、ある日、体内を巡る魔力の熱に気がついた。

そこからのラクアの上達《うま》は凄《すさ》まじい。

本能的にこの魔力を上手く操ることが上達への近道だと悟ったラクアは、来る日も来る日も魔力を意識して杖《つえ》を振り回しているうちに魔力の種類に気がつき、どのように意識すればどのような魔力を扱うことができるのかもわかってきた。

そうなればあとはそれを実践するだけである。

そのうちに自分にとって、どの魔力が扱いやすいのか、体のどこに力を入れればより効率的に魔力を扱うことができるのかを理解することができるようになった。

ときには危険なこともあった。巨大なボアに追いかけ回されることもあったし、山の中で迷って二日以上家に帰れないこともあった。

それでも、いや、目の前に死の恐怖があったからこそラクアは本気で魔術に取り組むことができた。

そして、ついに父が得意としていた『シャイニングバースト』を放つこともできるようになった。

この技の習得は、ラクアが目標にしている父に明確に一歩近づいた証拠である。

が『シャイニングバースト』を習得すると同時にラクアはあることに気がつき始めていた。

——この山は僕にとって狭すぎる。

小さな体のラクアにとってはこの山は十分に広い、けれどもラクアの魔術にとってはこの山はもはや狭すぎた。

これまで孤独に鍛錬を積んできたラクアはまだ気がついていないが、ラクアの成長スピードは異常である。

まだ学校に通う年齢にも達していない少年がたった半年、それも独学で鍛錬を積んで、山が狭いなんて感想が出るほど魔術は簡単なものではない。

ラクアは神童である。

文字通りの神童である。

ラクアは神に愛された少年なのである。ラクアも知らない他の世界の住民によって魔王を討伐するために作られた汚れなき少年なのだ。

が、この世界に住む者はそのことを知らない。

彼がたった一年弱冒険をするだけで魔王を一人で討伐できるほどの才能の持ち主であることを、この世界に住む者は知らない。

たった一人の男を除いて。

第一章

ウルネアを観光地化しよう

寒い……あぁ寒い……。

アルデア中立王国の王都ウルネアに冬が到来した。

俺、ローグ・フォン・アルデアにとっては一三回目の冬なのだけれど、俺にとっては初めて経験する冬である。

なに言ってんだこいつ？　って思われるかもしれないけれど、そうなのだから仕方がない。

俺は半年ほど前に風呂場で足を滑らせて頭部を強打した結果、新たな人格を手に入れた。

前世？　と勝手に決めている、日本という国に生まれ育ってつまらない人生を過ごした男の記憶と、貴族のドラ息子として生まれ傲慢な生活を送ってきたローグ・フォン・アルデアの記憶が交ざり合った結果、産み落とされたのが今の俺ローグ・フォン・アルデアという存在である。

そんな新たな人格を手に入れてから迎える初めての冬というのが、さっきの言葉の意味だ。

それにしても寒い……。

記憶情報としては冬がどういうものでどういう寒さなのか理解はしていたが、実際に冬がやってきてそれを肌で感じて初めて自分が冬が大嫌いだということに気がついた。

なにもしていないのに肌は乾燥するし、外に出るとそんな乾燥した肌を針で突くように寒気が俺を痛めつけてくる。

冬嫌い……。

が、いくら有能な俺をもってしてもこの世界の季節を変えるほどの知識は持ち合わせていない。

堪えるしかない……。

そして、そんな俺に少しばかりの安らぎを与えてくれているのがストーブの存在である。

今日も今日とてカクタと会議をするために謁見の間へとやってきた俺は、玉座に腰を下ろしながら両手を伸ばして冷え切った指先を解凍していく。

あぁ……生き返る……けど……。

「おい、フリード」

「いかがいたしましたか？」

「もう少しストーブを俺のそばに寄せろ。それが無理なら玉座をもっとストーブに近づけてくれ」

と、俺のそばに控えていた執事のフリードに命じる。

遠いのだ。薪《まき》ストーブは俺の左前二メートルほどの位置に設置されており、通気用のダクトが壁に向かって伸びている。

ほんのりとぬくもりはやってくるが、今の俺はこの程度のぬくもりでは我慢できない。

いっきにこう……じゅっと手のひらを温めたい。

そう思ってフリードに命じたのだが、彼は「それはなりませんな」と首を横に振りやがった。

「いや、なんでだよ……。寒いんだよ……」

「子どもは風の子にございます。健やかな大人に成長するためにはこの程度の寒気などはね除《の》けられる精神力が必要にございます」

「なんだよ、その根性論は……」

「それにストーブは火を使います。お召し物に燃え移っては危険にございます」

「いや、さすがにそこまでは近づかねえよ」

「不測の事態だってございます。私は我が主が目の前で焼死するのを見たくありません。これだけは譲れませんな」

「もういいや……」

これ以上言っても無駄なことを察した俺は諦めることにした。

フリードという男は謎に意固地な部分があり、半年付き合った結果、彼の意固地さを曲げることは俺をもってしても不可能に近いことを理解している。

まあ、暖が取れないのは泣く泣く我慢してやろう。

が、俺にはもう一つ我慢ならないことがあった。

ということで俺を苛立《いらだ》たせる存在へと視線を向ける。

俺の視線の先に立っているのはポニーテールがトレードマークの元気そうな女である。名前をレイナ・グラウスという。彼女はまだ十代にもかかわらず海軍大将まで上り詰めた優秀な軍人だ。

確かに武術の腕も部下を従える統率力にも優れており、彼女が海軍大将の地位にいることに文句はないが、どこかポンコツ感も漂っている軍人だ。

さて、どうして俺が彼女にイライラしているのか。

その理由は彼女が今立っている場所にある。

彼女はさりげなくストーブのすぐそばに陣取って、暖を取ってやがる……。

たまたまその位置に立っている感を出しているが、時折手のひらをストーブの方に向けている姿を俺は幾度も目撃しているし、夏場はストーブとは反対側が彼女の定位置だったはずだ。

だが、なにより腹が立つのはその表情である。

彼女の頬《ほお》はわずかに上気しており体の芯までぬくもっているのが丸わかりだ。

顔には『ぽかぽかだよ～』と書いてある。

そんな彼女は俺の冷め切った目に気がついていないようで、わざとらしく両手を擦り合わせると「ローグさま、今日は冷えますね」と笑みを向けてきた。

「ぶん殴るぞっ」

殺意をもってそう返すと彼女は「はわわっ⁉　な、なんで急にそんな酷《ひど》いことを言うんですかっ⁉」と泣きそうな顔をする。

やってやったぜ。

ということで国王らしからぬ器の小さな八つ当たりをしていたところで、謁見の間の扉が開き、スーツ姿の男が姿を現した。

男は赤絨毯《あかじゆうたん》をまっすぐ俺の方へとやってくると玉座の前で跪《ひざまず》く。

「ローグさま、ご無沙汰しております。カクタ商会のカクタにございます」

と自己紹介するのは彼が言ったとおりカクタ商会のカクタである。

カクタ商会はアルデア中立王国がまだクロイデン王国の一領だったころから付き合いのある商会だ。

庶民の生活必需品はもちろんのこと、嗜好品や珍品、さらには兵器に至るまで欲しい物はなんでも調達してくる総合商社のような存在で、その他にもカクタ銀行やカクタ傭兵《ようへい》等々手広く商売をしている。

それらの数多《あまた》ある商売全てで利益を出しているのだからカクタという人間は相当なやり手だ。

さすがは俺の次に有能なだけのことはある。

ちなみにカクタは四つ子でさらに年子の四つ子の弟がいる総勢八人兄弟で、皆同じ顔をしている。

「お前は長男だな」

そんな指摘にカクタは少し驚いたように顔を上げた。

「よくわかりましたな」

「なんか最近わかるようになってきた……気がする」

見た目は同じだがなんとなくそれぞれが纏《まと》う空気感が違う……ような気がする。

というわけで人生において全く役に立たない能力を手に入れたところで、さっそく本題を口にする。

「例の物はもうできたのか？」

「はい、本日はローグさまに直接ご確認いただき、ご指導ご鞭撻《べんたつ》をお願い申し上げようと思い馳《は》せ参《さん》じました」

そう言ってカクタが後ろを振り向くと、再び謁見の間の扉が開き、風呂敷のかかった台車を押したカクタの部下が二人ほど俺のもとへと歩み寄ってきた。

「ローグさまからお伺いしたお話とイラストを元に仕上げて参りました」

そう言ってカクタが風呂敷を取ると俺の眼前に見覚えのある物体が姿を現す。

「おおっ!! おおおおおおおっ!!」

これは凄《すご》いっ!! 俺が想像していた通りの物が目の前に鎮座していた。

興奮のあまり俺は椅子から立ち上がるとその物体へと駆け寄る……と、見せかけてさりげなくストーブのそばへと移動したのだが。

「ローグさま、そこは危険にございます。こちらにご移動願います」

そんな俺の思惑はフリードにあっさりとバレて、俺の肩を摑《つか》んだフリードが強制的にストーブからもっとも遠い場所へと移動させる。

ちっ……。

が、ストーブから遠ざけられた怒りが吹き飛ぶほどに、俺はカクタの用意したそれに興奮が抑えられない。

それは巨大な円卓のような物体だった。が、円卓と違うのは天板の部分がすり鉢状に下方にくぼんでいることだ。

すり鉢には赤と黒のマスが無数に描かれており、マスにはそれぞれ数字が書かれていた。

「この突起を捆んで捻《ひね》ればテーブルが回転します」

そう言ってカクタはすり鉢の中央部分に取り付けられた鉄棒を摑むと、それをくいっと捻る。すると、テーブルの天板はくるくると回転し始めた。

「おおっ!! 凄いっ!!」

俺がカクタに作らせた物。それは前世の男が海外旅行に行った際に目にしたカジノのルーレットである。

「ローグさま、これはなんですか?」

と、そこで事情を知らないグラウス海軍大将が俺のそばに歩み寄ってきた。

まあこの世界には存在しないものだし、疑問を抱くのも無理はない。

「これはルーレットといって、なんというか博打《ばくち》の道具だ。ここに小さな玉を落としてすり鉢の上をころころと回転させる。そんでもって最終的にこのポケット部分に玉が落ちる設計になっているんだ。落ちたポケットの数字と色を予想して金を賭ける博打だよ」

「な、なるほど……」

本当に理解しているのかしていないのかはわからないが、彼女はカクタが転がした小さな玉をまるで猫のように目で追いかけていた。

そんな彼女を横目にカクタは得意げに俺に顔を向ける。

「ご満足いただけたでしょうか?」

「うむ、完璧だ」

「ご満足いただけたようで幸いです」

完璧だ。前世の男が海外旅行で旅費の大半を溶かしたルーレットと瓜二《うりふた》つだ。

ほぼ完成品と言っても過言ではないルーレットを眺めながら俺もうんうんと満足げに頷《うなず》く。

さて、どうして俺はこんな物をカクタに作らせたのだろうか？

それはこのルーレットが俺とカクタ商会とで現在進行中の巨大プロジェクト『ウルネア観光地化計画』の一環だからである。

「このルーレットはローグさまの計画されているカジノの目玉となる予定です。この試作品にこれから装飾などを取り付けてよりエレガントな完成品を製作する予定にございます」

「カクタよ。お前はよくわかっているっ。これこそがウルネア観光地化計画の目玉となるのだっ」

なんて満足げにカクタと会話を交わしていると、グラウス海軍大将が首を傾《かし》げた。

「ローグさま、ウルネア観光地化計画ってなんですか？」

そう言えばこいつにはまだ説明していなかったっけ……。

「その名前の通りだな。ウルネアを観光地化して外国から客を大勢呼び寄せるつもりだ」

「そ、それは凄いですね……」

こいつ、絶対に凄さを理解していない……。

「外国人が大勢やってきてウルネアでお金を使えばアルデア中立王国が潤うだろ？　そしたら王国民たちも今よりももっと豊かな生活を送れるようになる」

「お金がいっぱいあれば貧しい子どもたちも温かいご飯を食べたり、学校に通ったりできるようになりますか？」

「当然だ」

「おおおおおっ!!」

そこでようやくグラウス海軍大将の目がキラキラと光った。

そういえばこいつは無類の子ども好きなんだったな……。

「ローグさま、絶対に成功させましょうねっ!!」

子どもが豊かになることを知った海軍大将は、俺の両手を掴むとキラキラした瞳を俺に向けてきた。

顔が近い……。

さっき彼女に説明したように、これは外貨獲得の手段である。

当然ながらカクタとともに設立した西グレド会社を通じてアルデア中立王国の財政はかなり潤うようになった。

が、俺たちはまだまだ上を目指すつもりだ。

その理由は、俺には破滅フラグがあるから。

俺は前世の男がプレイしていた『ラクアの英雄伝説』と呼ばれるテレビゲームのキャラクターである。ゲームの通りに進めば悪役である俺は魔王、もしくは主人公ラクアに殺されて破滅を迎えることになるのだ。

それを避けるために魔王と友好関係を築いたりしたし、仮にラクアや魔王、さらには緊張状態の続くクロイデン王国から攻撃されたとしても、それを凌《しの》ぎきるための軍事力が必要だ。

軍備を整えるためにはそれ相応の金が必要となる。

そのためにも外貨稼ぎは必要不可欠である。

が、今回のウルネア観光地化計画には外貨稼ぎとともにもう一つの目的があった。

それは世界各国から貴族や要人たちをウルネアに呼び寄せることだ。

世界各国から貴族や要人たちが集まれば、その中にクロイデン王国と友好関係にある国の人間もいるだろう。

仮にクロイデン王国がウルネアを攻め滅ぼそうとしても、彼らがウルネアにいればクロイデン王国は外交関係の悪化を恐れて攻撃を躊躇《ためら》うだろう。

悪い言い方をすれば観光客はクロイデン王国からウルネアを守るための肉の壁のような

ものだ。

そのためにもウルネア観光地化計画を一日でも早く始動させたい。

「あ、そうだカクタ。ディーラーの育成は順調か？」

ふとそんなことを思い出してカクタに尋ねると彼は「当然にございます」と答える。

「すでにウルネア内に養成学校を設置しております。王国内から選抜した者たちを入学させ、カジノのイロハはもちろんのこと、貴族や要人を満足させるためのホスピタリティを徹底的に教育しております」

「さすがはカクタだ」

「恐れ多いお言葉にございます」

なんて返事をするがまんざらでもない様子だ。

そんな俺とカクタの会話の横で海軍大将は「ほ、ほすぴぃ？」と首を傾げているが無視する。

カクタの言うとおりホスピタリティは今回の観光地化計画で最も大切なことだ。

なぜか？　それは他の観光地と比べてウルネアは観光資源に乏しいからである。

ウルネアは良くも悪くもどこにでもあるありふれた街だ。そんな街が突然観光地だと言い張ったところで観光客はやってこない。

他の観光地のように透き通るような綺麗《きれい》な海があるわけでもないし、歴史的な建造物があるわけでもない。

そんな手強《てごわ》いライバルを相手にするためにはそれ相応の工夫が必要だ。

だから俺はこのウルネアの街を富裕層を相手にした総合リゾート施設に作り替えることにした。

このウルネアの街を前世の男の記憶にある『シンガポール』のような観光地にするのが今の目的である。

金持ちたちがワンランク上の上質な体験をすることができる場をこのウルネアに作りたい。

が、そのためにはまだまだ乗り越えるべき課題は山積みだ。

ということで。

「カクタ、前に頼んでおいたカタログは持ってきたか？」

それらの課題を一つ一つ解決していくことにする。

カクタは全て理解したようで「当然にございます」と答えると部下から分厚い冊子を受け取ってそれを俺に手渡してきた。

それをペラペラと捲《めく》ると冊子に描かれたイラストと説明書き、さらには値段に目を通していく。

それは兵器のカタログである。

これが今アルデア中立王国が直面してる課題の一つなのだ。

先の独立戦争でアルデア中立王国は見事勝利を収めた。

クロイデン王国は依然として俺たちを独立国と認めていないようだが、実態としては既にアルデア中立王国はクロイデン王国から完全に独立している。

が、次にまたクロイデン王国が攻めてきたときに確実に彼らを追い払うことができるかと聞かれれば残念ながら疑問が残る。

前回はうまくクロイデン国王を騙《だま》すことができたし、なにより魔王という巨大すぎる後ろ盾があった。

が、次もクロイデン国王を欺くことができるかどうかはわからないし、魔王だっていつまでも俺たちの味方でいてくれる保証はない。

最終的には自分の身は自分で守るしかないのだ。

それにアルデア中立王国が危険だと思われれば、いくらウルネアが魅力的になっても貴族や要人たちはやってこないだろう。

そのためにも軍拡が必要だ。

ということでカクタから渡されたカタログを眺めていたのだが。

「うむ……さっぱりわからん……」

どうも俺には兵器のことはよくわからない。

どれも同じように見えるし、それが今の物より優れているのか劣っているのかもわからない。

だから。

「おい大将。こっちこっち」

だからこそ俺は助《すけ》っ人《と》を呼んでおいたのだ。燃料代も払わずに俺よりも暖をとっていやがる海軍大将を手招きすると彼女にカタログを手渡した。

「なんですか？　これ……」

「兵器のカタログだよ。お前にどの兵器を買えばいいのか選んで欲しい」

「へ、兵器ですかっ⁉」

俺の言葉に大将は目を輝かせる。

とりあえずこいつは海軍大将なだけあって兵器に精通しているようだし、少なくとも俺よりは頼りになるだろう。

彼女は目を輝かせながらカタログをペラペラと捲っていたのだが、しばらくすると目の輝きに徐々に陰りが差していき、全てに目を通したところで、なにやら残念そうに「読みました」と力ない言葉を発した。

「使えそうな兵器はあったか？」

「どれもアルデア軍が運用している物と比べれば劣ります……」

　ということらしい。

　カクタに視線を向ける。

「クロイデン製の物より優れた物を仕入れることはできないのか？」

「それは難しいかと。カクタ商会はクロイデン王国内に多くのツテを持っていますが、先の戦争でクロイデン王国は兵器の輸出に目を光らせております。いくら我々でも入手は厳しいかと……」

　なるほど、それもそうだ。

　当然ながらクロイデン王国はアルデア中立王国の軍拡に目を光らせている。

　いくら商売だとしても敵に塩を送るような真似《まね》はしないだろう。

　そうなるとその他の国から輸入するのが現実的だが国外ともなるとカクタ商会の影響力は小さくなってしまうようだ。

　うむ……困った……。

「例えば国内に兵器工場を作り、自国産の兵器を製造することは？」

「五〇年ほどお時間をいただければ可能にございます」

「いや、待てるわけねえだろ」

　どうやら兵器の開発製造のノウハウはそう簡単に手に入らないようだ。

　ならば、とりあえずこのカタログからマシな物を選ぶしかない。

「おい大将、なにかマシな物はないのか？」

「う〜ん……。物によってはマシな物はないでもないですが問題は魔法石の方です……」

「は？　魔法石って兵器の動力源になっているとかいう？」

「ですです。魔法石は一等玉から七等玉まで品質によってランク付けがされているのですが、このカタログに書かれているのは市場でも手に入る六等玉や七等玉が装着されている物ばかりです……」

「その何等玉とやらの違いで性能は変わるのか？」

「全然違います。それはもうこれぐらい」

そう言って海軍大将は両手を目一杯広げた。

「舐《な》めてんのか？」

「はわわっ……ですが、射程にしても連射性能にしても一等玉と七等玉では雲泥の差です」

なるほど……よくわからんがそういうことらしい。

ん？　待てよ？　ってことは……。

「おいカクタ、これらの兵器の魔法石は付け替えることは可能なのか？」

「可能にございます」

「なるほど。ならば兵器とは別に上質な魔法石を輸入して付け替えれば、兵器の性能は上がるということだな」

「その通りにございます」

「ならば――」

「ですがそれは厳しいかと」

「どうしてだ？　魔法石であればアルデア中立王国にも無数に輸入されているではないか」

「それらは一般用の物であり軍事用とは規格が異なります」

ということらしい。

なんだか釈然としない俺にカクタは続ける。

「世界に流通している軍事用の魔法石はレビオン・ガザイ王国がシェアを独占しております。軍事利用が可能な上質な魔法石を手に入れるためにはレビオン女王とガザイ国王の許可が必要となります」

「ならばすぐにレビオン・ガザイ王国に向かって交渉してきてくれ」

「構いませんが、ローグさまが直接交渉をなさった方がよろしいかと」

「俺にレビオン・ガザイ王国に行けというのか？」

「それがよろしいかと。当然ながらレビオン女王やガザイ国王はどこの馬の骨ともつかない商人に魔法石は売りません……。それどころか交渉をするために謁見することも難しいかと。ここはローグさまが国王として、彼らとお会いになって直接輸出の許可を得られた方が確率が高いかと」

「なるほど、じゃあ俺が直々に行くしかなさそうだな……」

「それがよろしいかと」

当然ながら見ず知らずの国に出向くのにはそれ相応のリスクがある。できればそんなことはしたくないが軍拡はアルデア中立王国にとって必須だ。

ならば俺に迷っている暇はない。

「フリード、すぐにレビオン・ガザイ王国に出発できるように手配をしてくれ」

そんな俺からのいきなりの命令にフリードはやや面食らったような顔をしていた。

が、その気になった俺を止められないのは重々承知のようで「はぁ……」と少し呆《あき》れたようなため息を吐いてから「かしこまりました。ですが、くれぐれもお気をつけて」と渋々了承してくれた。

ということで唐突ではあるがレビオン・ガザイ王国に赴くことになった。


その日のうちに俺はフリードに頼みレビオン・ガザイ王国に伝書飛龍を飛ばしてもらった。

なんでもウルネアに『カクタ長距離伝書飛龍便』というものがあるらしく、手紙を数日ほどで世界中どこへでも飛ばしてくれるということだったので頼むことにしたのだ。

その結果、手紙を送って一週間ほどでレビオン・ガザイ王国から会談をしてくれる旨の手紙が返ってきた。

あまりに早くてカクタが手紙を偽造したんじゃないかと不安になったが、レビオン・ガザイ王国の紋章が手紙に入っており、フリード曰《いわ》く本物らしい。

これで武器の輸入に一歩近づいた。

が、俺はレビオン・ガザイ王国にあまり詳しくない。一応は書庫にあった文献である程度の歴史については知っているが、所詮は資料に書かれていた情報で本当のことはわからない。

女王と国王の性格もわからなければ、両国の治安についてもわからないのだ。

だから俺はこの国について知っていそうな人を何人かリストアップして生の声を聞いてみることにした。

その一人目が俺が今馬車に乗って進んでいる山道の奥に住んでいる。

この山道はかつて父親が別宅として所有していた屋敷へと続いており、なんというかこの邸宅は目立たない場所に建っている。

なぜ目立たない場所に建っていたかって？

んなものは父が密《ひそ》かに愛妾《あいしょう》を集めてここで生活をさせていたからにきまってる。

まあ、とにもかくにもそれは過去の話で、今は別の用途に使用している屋敷だ。

ということで馬車で三〇分ほど揺られたところで、不意に鬱蒼《うっそう》としていた山道が開けて眼前に広い庭園と大きなお屋敷が見えた。

屋敷入り口の前に横付けした馬車から降りると、屋敷内からメイド服姿の女がこちらへとやってくる。

「本日も殿下と密会ですか？」

「殺すぞ」

「やれるものなら」

「…………」

と、憎まれ口の次元を越えている憎まれ口を叩《たた》きながらも俺にぺこりと頭を下げるのはクロイデン王国王女ミレイネ・リクトリア・クロイデンの専属メイド、クロネである。

顔を上げた黒髪ショートボブの童顔少女は俺に冷め切った目を向けていた。

「ミレイネはいるか？　まあ、お前がいるってことはいるんだろうけど」

「生憎《あいにく》ですがミレイネ殿下は現在、暇を持て余しているところにございます。どうぞお引き取りください」

「じゃあ逆にいつ会えるんだよ」

「さあ？　私にはわかりかねます」

「…………」

相変わらずこの女と会話をしていたら調子が狂う。

こいつは暴言を放たなければ死ぬのか？

ここはミレイネの仮住まいである。

ミレイネは現状亡命中の身で、当然ながら住む家もない。

俺がアルデア城に住むことを提案したところ「あんたと一緒はちょっと……」とぶん殴りたいほどに生意気なことをのたまってきたので、この屋敷を貸してやることにした。

とりあえずこれ以上クロネと会話をしても話が進まないので、彼女の許可を待たずにずかずかと屋敷に入っていく。

そもそもここは俺が父親から相続した物件だしな。どう使おうと俺の勝手だ。

玄関ホールを抜けてリビングへとやってくると、暖炉の前のカウチで優雅に読書に耽《ふけ》るお姫様の姿が見えた。

「おい、来たぞ」

「そんなこといちいち言わなくてもわかってるわよ」

相変わらず可愛《かわい》げのないその銀色の髪のお姫様は本から顔を上げて、瑠璃色の瞳をこちらに向けてきた。

ミレイネである。

「で、今日は何の用？　もしかして私の新しいお屋敷が完成したのかしら？　ここは道も険しいし、冬になってより一層寒くなったから早く引っ越したいのだけれど」

「俺がその気になれば、明日にでも大好きな変態公爵のもとに送り届けてやってもいいんだぞ？」

ミレイネはムッとしたように口を噤《つぐ》む。

俺はこいつがクロイデン国王の命で変態公爵とかいうド変態貴族のもとに嫁がされそうになっていたところを救ってやったのだ。

が、喉元過ぎればなんとやらで最近ではすっかり傲慢になっている。

ミレイネは俺を恨めしそうに眺めていたが不意に「はぁ……」とため息を吐くとテーブルに本を置いて俺のもとへと歩み寄ってきた。

「で、本当に今日は何の用なの？」

「お前にレビオン・ガザイ王国について色々と聞きたいことがあってな」

「レビオン・ガザイ王国？　あんたの口からそんな国名が出るとは思わなかったわ」

「信じがたいけれどお前も一応王女様だろ？　外交とかでレビオン・ガザイ王国に行ったり国王や女王に会ったりしたことがあるかと思ってな」

現状アルデア中立王国でレビオン・ガザイ王国と繋《つな》がりがありそうな奴《やつ》はこいつぐらいしかいない。

カクタも何度かレビオン・ガザイ王国には行ったことがあるそうだが、それはあくまで商売の為《ため》に現地の商人と交流をしただけで王族とは会ったことがないそうだ。

「会ったことならあるわよ。だけど、どうして？」

「ちょっと事情があってな。国王や女王についてお前から詳しく聞きたい」

「別に良いけど……」

彼女はどうして俺がそんなことを尋ねてくるのか理解できないようで首を傾げていたが、いつの間にかリビングにいたクロネに「紅茶とお菓子を用意して」と命じた。

俺とミレイネが円卓に移動してしばらくしたところでクロネがティーカップを二つ持ってきて、俺とミレイネの前にそれぞれ置いた。

毒とか入ってないだろうな？

こいつなら本気で入れてきそうだから恐ろしい。

「で、レビオン・ガザイ王国についてなにが知りたいの？　私だって暇じゃないんだから手短にお願い」

確かに暇を持て余すのに忙しそうだな。

「まずは治安についてだ。クロイデン王国やアルデア中立王国と比べてどうなんだ？」

この手の情報は資料ではなかなか手に入らない。

一応カクタからも治安はクロイデン王国と同等かそれ以上に良いとは聞いているが、こいつからも聞いておこう。

「治安は悪くないわよ。むしろ良いと言った方がいいわね。特にマナイの治安は最高と言っても良いわ。なにせ世界の名だたる富豪や王族が集まってくる場所だから」

資料でマナイがレビオン王国でもっとも有名な観光地だというのは読んだ。

なんでも巨大ビーチと遠浅の美しい海が魅力の観光地で、近くにはホテルや商店が乱立しているらしい。

まあ前世の男の世界でいうところのハワイやサイパンのような場所なのだろう……知らんけど。

実は今回、レビオン・ガザイ王国を訪問した際には視察しようと考えている。

ジャンルは違えどマナイも観光地だしウルネア観光地化計画の参考になるかもしれないしな。

「マナイは良いわよ。あそこのビーチから見えるサンセットは一〇億ゴールドの価値はあるわね。気候もいいしホントあそこは最高よ」

なんて過去のマナイ訪問を思い出してうっとりとするミレイネ。

「王族はどうだ？　女王と国王の性格について詳しく頼む」

脳内南国旅行をしているミレイネを真冬のウルネアに引き戻して質問を続ける。

「性格って別に普通だと思うけれど……。女王は私が見た限りは姉御って感じかな。普段は優しいし気さくに話しかけてくれるけれど、仕事の話になるとしっかりしているというか意見をはっきり言う感じ」

なるほど……なんとなくだが女王のイメージが掴めた気がする。

はっきりものを言う人間は俺は嫌いではない。

「ならば国王は？」

「凄くイケメンだったっ‼」

「いや、見た目はどうでもいいんだよ……」

「はあ？　重要な情報だと思うけれど……。性格はそうね、私が知る限りは爽やかで優しいお兄さんって感じだったわね」

ということらしい。

ミレイネの説明だけでは具体像はわからないけれど少なくとも両者ともに癖があるタイプではないようだ。

「他になにかレビオン・ガザイ王国について知っていることはあるか？」

「う〜ん……私も五年ぐらい前に一回行っただけだし、あんまり覚えていないわ……」

「わかった。それだけわかれば十分だ。邪魔したな」

ミレイネも暇を持て余すのに忙しいだろうし、これぐらいにしておこう。

俺は紅茶を一気に飲み干すと立ち上がって玄関に向かって歩き出そうとした……のだが。

「ちょ、ちょっと待ちなさいよっ‼」

彼女はそう言って駆け寄ってきた。

「なんだよ」

「どうしてレビオン・ガザイ王国について聞いてきたの？」

「はあ？　そんなことお前に関係ないだろ？」

「関係あるわよ。だって私はクロイデン王国の王女よ？」

「いや、お前は変態公爵の嫁だろ？」

「いつまでもそのネタを引きずると本気で怒るわよ……」

そう言ってジト目を俺に向けながらも彼女は俺の腕にしがみ付いてくる。

「もしかしてローグ、レビオン・ガザイ王国に行くの？」

「だったらなんなんだよ」

ミレイネの瞳がキラキラと光った。

「ホントに行くのっ⁉　じゃあ私も連れてってっ‼」

「え？　嫌ですけど？」

「私、寒いのは嫌いなの。暖かいマナイに行って綺麗なサンセットを眺めたいの」

「あのなぁ……別に遊びに行くわけじゃないんだぞ？」

「知ってるわよ。国王と女王に会いに行くんでしょ？　だけど考えてみなさい？　アルデア中立王国なんて無名の国の国王がふらっと行ってまともに話を聞いてもらえると本気で

思ってるの？」

「お前、本気で変態公爵のところに送り込むぞ……」

「私が力になってあげるって言ってるの。私は二人に会ったことがあるのよ？　それにクロイデン王国王女って肩書きもかろうじて残ってる。私を連れて行った方が何かと便利だってあんたもわかるでしょ？」

「………」

実際問題、確かにこいつを連れて行った方が何かと便利な気がする。

こいつに言われると癪《しゃく》には障るが、アルデア中立王国は単に俺がそう名乗っているだけで、承認している国は存在しない。

突然行ったところで無下に扱われてもなにもおかしくない。

おそらく彼らレビオン・ガザイ王国の君主たちはミレイイネの現状も知らないだろうし、確かにクロイデン王国王女の肩書きはそれなりに使えるかもしれない。

「ローグ……ね？　私、ローグのお役に立ちたいなぁ……」

なんてお目々をうるうるさせながら猫撫《ねこな》で声《ごえ》でおねだりをしてくるミレイネ。

うぜぇ……。

「まあ、検討してやるよ」

なんだかこのまま彼女の提案を受け入れるのは癪に障るので、結局、提案を保留することにした。

まあ連れて行くけどな。

が、ここで答えを濁しておけば、こいつはしばらく俺に偉そうにできないだろう。

※　※　※

クロイデン王国王都カザリアの市街地。この街はいつも多くの住民や商人、さらには旅人や行商人で賑《にぎ》わう、クロイデン王国の経済の中心地である。

そして、このクロイデン王国最大の都市は、ラクアの生まれ故郷シャリン村のすぐ近くにある。

シャリン村の人々は週に数回はこの大都会にやってくる。

彼らはこの街で、シャリン村にはない飲み屋で酒を引っかけたり、村では手に入らない日用品や肉などの食料を調達したりするのだ。

ラクアもまた定期的に母や祖父に連れられ、このカザリアの街にやってくる。

そしてカザリアにやってきたラクアは毎回必ず立ち寄る場所があった。

「ラクア、パパにご挨拶をしましょう」

母親にそう言われてやってきたのは、とある魔法具店のそばにある石碑の前である。

一メートル四方ほどのその石碑には、とある勇敢なクロイデン王国民が魔王と戦いこの地で命を落としたことが刻まれていた。

ラクアの父のことである。

ラクアの父はこの地で魔王に殺された。少なくともラクアはそのことについて疑いを持っていない。

なにせラクアは見たのだから。魔王の目の前で血を流し冷たくなっていく父の姿を見たのだから。

石碑の前には先週ラクアが供えた花がまだ置かれていた。そして、それらを取り囲むように誰が供えたのかもわからない無数の花束が所狭しと並べられている。

これほどまでに多くの人が父を称《たた》えて花を供えてくれている。魔王に果敢に立ち向かった父は間違いなくクロイデン王国民の心を動かしていた。

花を眺めてラクアは誇らしい気持ちになる。

そして新たな花を供えると母と二人で顔の前で手を組み父に想《おも》いを馳せるのである。

――パパ、ついに僕もパパと同じ『シャイニングバースト』が撃てるようになったんだよ。まだまだパパのと比べれば威力はないけれど、きっといつかはこの技で仇《かたき》を討つから。

瞳を閉じて父と心の会話を交わした。

父から返事はないけれども、ラクアはきっとこの想いが父に届いていると信じている。

父が望むことはラクアにはわかる。

きっと父はラクアに自分のような勇敢な英雄になれと思っているに違いない。

たとえ魔王に勝てるほどの力がなくても、勇敢に立ち向かって大切な人を守れる強い人間になることを願っているに違いない。

少なくともラクアはそう確信していた。

もっともっと強くなろうと思った。父が愛した、そしてラクアの愛するシャリン村のみんなを守るために。

しばらく、瞳を閉じて父との会話を楽しんだラクアはゆっくりと瞳を開く。気がつくとまた雪がちらつき始め、石碑にも小さな雪が付着しては溶けて水になるのが見えた。

「さあラクア、寒いからお店に入って温かい物でも食べましょ？」

そう言っていつまでも手を組むラクアの肩を母親がぽんぽんと叩く。

「そうだね」

ラクアは笑みを浮かべると立ち上がってカザリアの街を再び歩き始めた。

母に手を引かれながらラクアはカザリアの街並みを眺める。

――なんだか壁が増えた……。

ラクアはこの半年間でカザリアの街に巨大な壁がいくつも建設されていることに気がついていた。

「ねえママ……どうして壁を作るの？」

「え？　あ、あぁ……あれのことかしら」

ラクアの質問に母は近くにそびえ立つ高さ一〇メートルほどの巨大な壁を指さした。どうやら壁はまだ建設途中のようで、大勢の男たちが石材を運び、それを積み上げていくのが見える。

「なんだか壁が多くてお城が見えないね……」

この壁が建つようになってから、これまでカザリアにいればどこからでも見えていたクロイデン城があまりよく見えなくなった。

開放的な村で育ったラクアにとってこの壁は見ていてあまり気持ちの良い物ではない。

そんなラクアを母親は優しく撫でる。

「これはラクアたちを守るための壁なのよ。そんな顔で見たら壁が可哀想《かわいそう》だわ」

「僕たちを守る壁？」

「この壁は魔王から街を守るために建てられたの。この壁がきっと魔王からラクアたちを守ってくれるはずよ」

「そ、そうなんだ……」

なんてラクアは答えてみるが、どうも釈然としなかった。

確かに目の前にそびえ立つのは強固な壁だった。が、果たしてこんな壁で本当に魔王から王国を守ることができるのだろうか？

　この程度の壁であれば、ラクアでもシャイニングバーストを使用すれば撃ち抜くことができそうだ。

　ラクアは自分の能力を客観的に判断することができない。が、ラクアはまだ魔術の鍛錬を始めて半年しか経《た》っていない。しかも独学で魔術を学んでいるのだ。

　もちろん自分に自信がないわけではないが、自分の腕がまだまだだということも主観的には理解している。

　そんなラクアですら撃ち抜くことができそうな壁を建設して何の意味があるのだろうか？

　自身の力を客観的に判断できないゆえにラクアはそんな疑問を抱いた。

「聞いたか？　そろそろらしいぜ？」

「そろそろ？　お前が女房に刺し殺されるって話か？」

「違えよ。魔王の話だよ」

　疑問と不安を抱きながら歩いていたラクアの耳に、ふと近くを歩いていた王国民のそんな会話が耳に入る。そして、彼らの口から飛び出した魔王という言葉に足を止めずにはいられなかった。

　――魔王？　なんの話？

足を止めるラクアに母は「どうしたの？　行きましょ？」と促すが、ラクアは彼らの会話に夢中である。

「軍の中でも噂《うわさ》になっているらしい。魔王がクロイデン王国への奇襲を狙ってるって。それで国王は大急ぎで壁を建設するよう命令を出したらしいぜ？」

「おいおいマジかよ……とっとと逃げる準備をしなきゃな」

「こんな島国のどこに逃げるんだよ。アルデアにでも逃げるのか？」

「あそこはごめんだ。俺はガキに顎で使われるなんて堪えられねえ」

何気ない根も葉もない噂話である。

きっと彼らも数時間後にはこんな会話を交わしたことすら忘れてしまうだろう。

が、少年であるラクアはそのくだらない話をくだらないで片付けられるほどのリテラシーを持ち合わせてはいなかった。

魔王が攻めてくる……。

その言葉はラクアを震え上がらせた。

ラクアは再び巨大な壁を見上げる。

——こんな壁で守れるわけないよ……。

なにせこの程度の壁であれば、ラクアでも撃ち抜くことができるのだから。

もしも魔王が攻めてきたらどうなるのだろうか？　ラクアはそんなことを想像して震え

た。

もしも魔王が攻めてきたらカザリアの街も、ここから近いシャリン村も終わりだ。

その現実にラクアは自分の考えの甘さを痛感した。

ラクアは鍛錬を続けながらもどこかで安心していたのだ。もしも魔王が攻めてきてもクロイデン王国が必死に戦って前回みたいに魔王を追い払ってくれると。

が、この軟弱な壁を目の当たりにしてそれが幻想だと理解した。

指を咥《くわ》えて眺めていてもシャリン村を誰も救ってはくれない。

勇敢な父は既に死んでしまったのだ。

魔王から大好きなシャリン村を守るためには自分自身が立ち上がらなくてはならないのだ。

が、まだラクアは鍛錬の途中である。

もしも明日魔王が攻めてきたとしても自分は勇敢に魔王に立ち向かうことができるだろうか？

ラクアは恐怖を覚えた。

そして恐怖を覚えた自分が情けなくなった。

父親は魔王との力の差を理解していたはずだ。それでも父は魔王相手に自分の命を顧みず勇敢に戦ったのだ。

だから鍛錬不足など言い訳にはならない。

もし明日魔王が攻めてきても魔王に立ち向かえるだけの勇気がラクアには必要なのである。

――パパごめん……。考えが甘かったよ。

ラクアは自分の考えの甘さを痛感するのであった。

※　※　※

レビオン・ガザイ王国から手紙が帰ってきて一週間ほど経ち、いよいよ出発の日になった。

ウルネア港までやってきた俺は乗船の準備が整うのを今か今かと待っていたのだが。

「ローグさま、必ずやっ!!　必ずや生きて帰ってきてくださいっ!!」

俺の見送りにきたフリードはさっきから俺にしがみついて唾を飛ばしながら、叫ぶのを止めようとしない。

「わかったからっ!!　わかったからそろそろ俺の体を離せ……」

「うぅ……フリードは心配にございます。やはり今からでも遅くはありません。渡航は止めて安全な城で過ごしましょう」

「いや、安全に暮らすためにこそ俺はレビオン・ガザイ王国に行くんだよ。アルデア海軍も守ってくれるし安全だから心配するな」

「ですがですが」

あぁ……暑苦しい……。

どうやら前回同様に俺のことが心配で仕方がないようだ。

まあ執事として主を心配する気持ちはわからないでもないが、ここまでがっつり体をホールドされるといくら冬でも暑苦しい。

そして恥ずかしい。

俺は頬を寄せてくるフリードの顔を強引に手で押しのけると、そばに控えていたレイナ・グラウス海軍大将へと顔を向ける。

「おい、いつになったら乗船できるんだよ。国王を外に放置とは良い度胸じゃねえか」

早く船に乗りたい……というよりは早くフリードから解放されたい。

彼女を睨《にら》みつけると、大将は慌てた様子で目をきょろきょろさせる。

「あ、あともう少しだと思います。タラップに絨毯を敷き終えれば乗船の準備は整います」

なんて答える海軍大将は、なんだか全体的にもこもこしていた。

どうやら軍服が冬仕様になったようで、まるで冬毛に変わったように大将は毛皮のようなもこもこのコートを身につけている。

スカートの下にも、もこもこしたブーツを履いており全体的に暖かそうである。

「ってか、別に絨毯とか必要ないけれどな」

どうやら海軍は俺に余計な気を遣っているようで、俺に木目むき出しのタラップを上らせるわけにはいかないらしい。

「いえいえローグさまとミレイネ殿下に乗船いただくのでそれ相応の体裁は……」

なんでもいいけれど早く船に乗りたい。

相変わらずフリードに縋《すが》り付《つ》かれながら海軍大将とは逆方向に顔を向けると、変な女が立っていた。

「おい、なんだよ……その格好は……」

その女はこのクソ寒い真冬だというのに半袖のアロハのようなシャツとフリフリのミニスカートを身につけて、胴体には天然ゴムで作られたであろう浮き輪を巻いていた。

ミレイネである。

俺の言葉にミレイネはかけていたサングラスを頭に乗せて笑みを向けてくる。

「見ればわかるでしょ？　私の心はすでにマナイにいるの。あぁ……早く遠くの海に沈むサンセットを眺めたいわ……」

「そ、そうか……」

どう考えても寒い気がするが本人がそれでいいなら無理に止めない。

完全に浮かれ気分のお姫様をしばらく眺めていると海軍大将が「あ、乗船の準備が整ったみたいです」と言ってきたので、俺は無情にもフリードの体を両手で引き剝がすとミレイネとともに船へと乗り込んだ。

さて、船に乗り込んだらさっそく出港である。とりあえずミレイネとともに船の後方に立つとお見送りに来た従者たちに別れを告げる。

桟橋ではフリードが「ローグさまっ!!　今からでも遅くありませんっ!!　城に戻りましょうっ!!」とハンカチで目を押さえていた。

そんなフリードを真顔で見つめていると、いつの間にいたのか俺の隣に立っていたミレイネのメイド、クロネが俺を見上げる。

「ローグさま、不快であればあの者を殺りましょうか？」

「いや、そこまでではない……」

「そうですか……」

と、なにやらクロネは少し残念そうに答えると、ミレイネとともに船内へと続く階段の方へと歩いて行った。

怖すぎんだろ。あのクソサイコメイド……。

可愛い顔をしているくせに血も涙もないメイドをしばらくドン引きして眺めてから俺も

また客室へと向かうことにした。

俺の部屋は艦橋に隣接した貴賓室という特別仕様の部屋である。

これはこれからグレド大陸への外交等々船旅が増えることを見越してカクタに作らせたものだ。

部屋にはウルネア城での俺の寝室と遜色ないレベルに贅《ぜい》が尽くされており、ふかふかのキングサイズのベッドに、大きな執務机、さらには必要な資料を収納するための大きな本棚まで設置されている。

艦橋のそばにあるため窓からの眺めも最高らしい。

改装工事が終わってから初めての航海のため、内心少しわくわくしながら俺は貴賓室の扉を開けた……のだが。

「なっ…………」

貴賓室の扉を開けた瞬間、思考が停止した。

いや、別に貴賓室の出来映えに文句があるとかそういうことではない。俺の言いつけ通り貴賓室はぱっと見、城での俺の自室にそっくりだし、本棚には言いつけておいた資料もしっかり収納されている。

ベッドもふかふかそうだし、今すぐにでもベッドに飛び込みたくなるほどなのだが……。

「ローグさん……お久しぶりです……」

「か、カナリア先生っ⁉　ど、どうしてっ⁉」

え？　なんで？　なんでカナリア先生が船にいるのっ⁉

貴賓室にはなぜかカナリア先生がいた。彼女はベッドに腰掛けたまま魔法杖《まほうじょう》を片手に
なにやら寂しげに俺のことを見上げている。

が、すぐになにか堪えきれなくなったようで、ぴょんとベッドから飛び降りると俺のも
とへと駆け寄ってくる。

「ローグさん……私、寂しいです……」

先生は杖《つえ》を放り投げると俺をぎゅっとハグした。

「せ、先生っ⁉」

突然カナリア先生が現れたと思えば、突然ハグをされて困惑する俺。

「ど、どうして先生がここにいるんですか？」

そんな俺の質問に彼女は俺の胸元に顔を押しつけてくる。

「フリードさんに頼み込んで船に乗せてもらいました……」

「いや、どうして？」

「ローグさん……。最近ローグさんが魔術のレッスンに来てくれないので私寂しいです
……。魔術はなんでも夢を叶《かな》えてくれる素敵な能力です。私、ローグさんと一緒にもっと
もっと魔術のお勉強がしたいです……」

「カナリア先生……」

先生の言葉がグサッと俺の胸に突き刺さる。

そういえばここのところカナリア先生と全然魔術のお勉強をしていない……。

もちろん公務が忙しすぎて鍛錬をしている暇がないというのが実態なのだが、そんなのは俺の都合である。

カナリア先生は俺と一緒に魔術のお勉強をすることを楽しみにしてくれているのだ。

にもかかわらず、俺はそんなカナリア先生の気持ちを踏みにじって彼女のことを放置していたのだ。

「せ、先生……俺、なんてことを……」

ぎゅっと俺をハグする先生のつむじを眺めながら、自分のしでかしたことの罪の重さを実感する。

「ローグさんが一生懸命お仕事をしているのはわかっています。ですが、時々は私に顔を見せにきて欲しいです……」

「先生……俺はなんて酷い人間だ……」

「大丈夫です。今回は長旅になるとレイナさんから聞いています。船の上でいっぱいいっぱい魔術のお勉強をしましょうね？」

「はいっ!!　俺の腐った根性を先生との鍛錬で叩き直しますっ!!」

そう。最後に自分の命を守ってくれるのは自分自身の力なのだ。

アルデア中立王国を建て直すのもいいけれど、最低限自分自身を守ることができる力を身につけることを怠ってはダメなのだ。

しかも俺にはカナリア先生という最強の先生がいる。

そんな恵まれた環境にいるにもかかわらず先生をほったらかしていたなんて、人間として終わっている。

そのことをカナリア先生からぎゅっとハグされて改めて思い知るのであった。


それから俺は先生と船旅の間にしこたま鍛錬に励むことを約束して艦橋へと向かった。

その理由はグラウス海軍大将から今回の船旅の予定を聞くためである。

ということで艦橋へとやってくると大将は「あ、ローグさま～」と嬉《うれ》しそうに俺のもとへと駆け寄ってきて、俺をテーブル前のふかふかのソファへと案内した。

「おい誰かっ!!　ローグさまにコーヒーと茶菓子の用意をっ!!」

大将はそう叫ぶと一度どこかへと消えて、くるくると丸めた巨大な地図を持って再び俺の前まで戻ってくる。

そうこうしている間に兵士の一人が慌てた様子でお盆に載ったコーヒーと茶菓子をテーブルに並べた。

「それではローグさま、〝私が〟考えた今回の航路について説明いたしますね」

そう言って海軍大将はうっきうきでテーブルの上に地図を広げた。

なんだろう、名目上は航路の説明ではあるけれど、俺は彼女の自慢に付き合わされているのではないだろうな？

「こちらをご覧ください」

と、そこで海軍大将は地図に描かれた豆粒のような島を指さした。

「なんだ、この小さな島は……。休憩に立ち寄る島か？」

「いえ、これがクロイデン王国とアルデア中立王国でございます」

「え？　あ、ちっさ……」

なんというか世界地図で改めてみるとクロイデン王国は豆粒のように小さい。しかもアルデア中立王国はこの豆粒の一部なのだから本当にむなしい気持ちになる。

前々から知ってはいたが世界の広さに愕然《がくぜん》としていると、彼女はクロイデン王国とアルデア中立王国を押し潰していた人差し指をずずっと動かして南方にある巨大な大陸へと移動させる。

「ここがレビオン・ガザイ王国です。距離で言うとざっとアルデア中立王国からグレド大陸までの距離の三倍ほどございます」

「遠いな。どれぐらいかかるんだ？」

「普通の商船であれば二週間以上かかると思います。ですが、ローグさまがお乗りになっているのは我がアルデア海軍の武装商船です。その半分の一週間ほどで到着できますっ!!」

そして渾身《こんしん》のドヤ顔である。

そんな彼女を無視して地図を眺めていると、大将は少し残念そうにペンを取り出してアルデア中立王国とレビオン・ガザイ王国の間の海に線を引いた。

「今回の航路はここを通る予定です」

「なんだかぐにゃぐにゃ進むんだな。もっと一直線に進んだ方が速いんじゃないのか？」

そんな俺の質問に大将は『待ってました』と言わんばかりに目をキラキラさせる。

「素人が考えれば一直線に進むのが最短だと思うかもしれません。ですが、私レベルの海のプロともなればそうではありません」

「まるで俺が素人のような言い方だな」

「え？　あ、はわわっ……。そ、そういうことではありません……」

どうやら自分の失言に気がついたようで慌ててハンカチで汗を拭う海軍大将。

「そ、その……ローグさまが素人というわけではありませんがその……」

「いいから続けろ」

「はわわっ……わかりました……」

どうやら失言で彼女は調子が狂ってしまったようだ。さっきまでの意気揚々とした様子はなくなり、言葉を選びながら彼女の引いたぐにゃぐにゃの線を指でなぞる。

「この航路は海龍の生息域を避けたルートです」

「海龍？」

「海に生息している巨大な龍のことです。やつらは船を見つけると襲いかかってくる獰猛《どうもう》な生物です」

なるほど……どうやら海の脅威は海賊だけではないようだ。

まあ、それもそうか。

「それにこの航路は比較的波も穏やかで嵐の心配もありませんっ‼　私が航海の経験とあらゆる情報を精査した結果、このルートが最もローグさまを安全にレビオン・ガザイ王国にお届けすることができると確信いたしました」

ということらしい。

そのグラウス海軍大将の自信の源はよくわからないが、とにもかくにもこの航路を導き出した自分を褒めて欲しい空気を醸し出している。

が、彼女の口車に乗って手放しに彼女を褒めるのは、なんとなく負けたような気がする。

「本当に海龍は出ないんだろうな？」

「絶対に出ません。少なくとも私はこのルートの近辺で海龍が出るという話は聞いたことがありません。ローグさま、見てください。基本的に我々の通る航路の近くには陸地がありません。陸から離れていると小魚の餌が減り、それらの小魚を餌にする大型魚、さらには大型魚を餌にする海龍も近寄ってこないのです」

確かに大将の言葉は一定の説得力があった。

が、彼女が口にした絶対に出ないという言葉がどうも引っかかる。

「仮に出たらどうするんだ？　まさかその時の対策を考えていないわけじゃあるまいな？」

そんな俺の疑問に大将はまた待っていましたと言わんばかりに目をキラキラさせる。

彼女はポンポンと胸を叩くと艦橋のガラス越しに甲板の主砲を指さした。

「仮に出没したとしても、我々アルデア海軍の的として蜂の巣になるでしょうっ!!　五メートルほどのサイズであれば十分に対処できます」

「それより大きいのが出てきたら？」

「出ませんっ!!　過去に一〇メートルの海龍が出たという記録はありますが、それはなんというか伝説級のサイズですし、出没したのも今回の航路とは全く別の場所ですっ!!　そんなのが現れる確率は富くじに当たる確率よりも低いです。それに海龍は基本的に単独行動をするので仮に一〇メートル級が出たとしても一頭であれば対処できるかと」

「…………」

「対処できるかとっ!!」

「…………」

「ローグさま、対処できるかとっ!!」

レイナ・グラウス海軍大将が褒めて欲しそうな顔で俺に熱視線を送ってくる。

が、俺はそんな彼女の褒めてアピールに気づかないふりをする。

あえて「そうか」と素っ気ない返事をすると彼女は少し悲しそうな顔をしてから、俺に顔を接近させてきた。

「あ、あの……ローグさま？　これだけ緻密な計算をして安全にローグさまをお届けできるのはアルデア海軍にはレイナ・グラウスを除いておりませんっ!!」

「そうか」

「わ、私、凄く色々と調べて最適な航路を徹夜で導き出しましたっ!!」

あー近い近い。そんな近くでキラキラした瞳を俺に向けてくるな。

喉元まで『そろそろ褒めて』という言葉が出かかっている。

そして彼女はきょろきょろと辺りを見回すと、俺に褒めてもらえそうな何かを探し始める。

あぁ……ダメだ……。これ、俺が褒めるまで永久に続くやつだ……。

ということで。

「さすがはグラウス海軍大将だ。これほどまでに緻密な計算をして航路を導き出すとはっ!!　これからも慢心せずに励むのだぞっ!!」

俺は彼女を褒めることにする。

そんな俺の言葉に彼女は「は、はいっ!!　このレイナ・グラウス、ローグさまのために身命を賭して頑張りますっ!!」と嬉しそうに笑みを浮かべた。

言っておくが、これは俺が彼女に根負けして褒めたわけじゃない。

あくまでこれ以上話が長引かないようにあえて褒めるという選択肢をとっただけだからな。

だから俺は負けていない。

そう自分に言い聞かせて自室へと戻るのであった。

それから数日間、俺はカナリア先生とともに甲板に出て、これまでの時間を取り戻すように特訓を続けた。

「ローグさん、よくできましたね。よしよし」

なんてカナリア先生から褒めてもらいながら魔術の鍛錬を積むのは、なかなかに悪くない時間の過ごし方である。

俺の才能……というよりはカナリア先生の教え方が上手《うま》いおかげで、魔術の腕は日に見えて上達した。

「さすがはローグさんです。ほら、こうやってビリビリ破ることができるようになりました」

俺が旅の途中で教わったのは石化魔法の解除の方法である。

今まで特に意識せずに石化魔法を使用してきた俺だったが、どうやら石化した物体を逆に元に戻すことのできる魔術も存在するようだ。

この魔術を知らなかったせいで人に対して使用するのは控えていたのだが、戻せるのであれば躊躇うことなく石化することができるっ!!

一度石にしてさらに紙に戻した折り飛龍をカナリア先生が嬉しそうにビリビリと破る。

どうやら完璧のようだ。

そんなこんなで有意義な時間を過ごしていた俺たちだったが、出航してから三日ほど経った頃には真っ青だった空が徐々に雲に覆われるようになってパラパラと雨が降るようになり、波も荒れ始めた。

「おい大将、これはどういうことだ?」

一日目の夕食時に大将が口にした言葉。

『この時期は海が荒れることはほとんどありませんっ!! 過去の天気を元にもっとも波が穏やかで天気も安定している航路を厳選いたしましたので大船に乗ったつもりでお過ごしください』

が、見ての通りの雨である。

昨日までは甲板にソファとパラソルを置いて一足早く南国気分を味わっていたミレイネ

も。

「ちょ、ちょっと寒いかも……それに船が揺れるから気持ちが悪い……」

と言って自室で横になっている。

そんな俺の指摘に海軍大将はやや動揺しながらも「た、ただの通り雨ですっ!!　過去の経験から導き出した私の予想ではすぐに雨はあがって波も穏やかになります……」なんてうそぶいていたのだが。

「おいごらっ!!　大将っ!!」

「も、申し訳ございません……。どうしてかなぁ……おかしいなぁ……」

次の日も、その次の日も雨が上がる様子はなく、それどころか雨は徐々に強くなり、波は前の世界の男がドキュメンタリー番組で見たベーリング海の蟹漁《かにりょう》を思い出すレベルで荒れ始めた。

海軍大将曰く、これから通る航路付近の離島にあるお天気お知らせセンターとやらに船内から伝書飛龍を送ったらしいのだが、いずれも天気良好との返事を貰《もら》い安心していたとのこと。だが、雨雲に見落としがあったらしい。

なんというか……ドンマイだな……。

結局、それからもしばらく嵐は続き。

「ロ、ローグ……沈まないわよね？　私たち海の藻屑《もくず》にならないわよね？」

寝込んでいたミレイネも本当に船が沈むのではないかと怖くなったようで、夜になると俺の貴賓室までやってきて俺の体に縋り付いてぶるぶる震えていた。

「ローグ、私、こんなところで死にたくないの」

「奇遇だな。俺も同感だ」

「や、やっぱり来なきゃ良かった……」

俺もフリードの忠告を聞いておくべきだった。なんて今更思わないでもなかったが、後悔したところでどうしようもない。

結局、俺が前世の男の記憶からてるてる坊主というおまじないを思い出してミレイネに伝授してやると、彼女はベッドのシーツをビリビリ破って、てるてる坊主をいくつも作って窓際に吊《つ》り下《さ》げ始めた。

いや、作るなら自分のベッドのシーツを使えよ……。

あ、ちなみにカナリア先生は思っていた以上に強心臓だったようで、ソファで可愛い寝息を立てながらむにゃむにゃしている。

が、そんなてるてる坊主とやらの効果なのか、それから半日もしないうちに雨脚は落ち着き始め、次の日には波も穏やかになった。

とりあえず危機は脱したようだ。窓から見える穏やかな海を眺めていると昨晩の寝不足のことを思い出して唐突に睡魔がやってきた。

「ローグさん、今日の鍛錬はお休みですか？」

「すみません。昨日はあまり眠れなかったので少し昼寝をしようかと……」

「昨日は船がよく揺れましたからしょうがないですね。私も昨晩は怖くてあまり眠れなかったので、少し昼寝をします」

いや、嘘《うそ》つけっ!!

ということで寝不足だった俺と昨晩よく眠っていたはずのカナリア先生は二人仲良く昼寝をすることになった……のだが。

「「「「ぎゃあああああああっ!!」」」」

それからおそらく一時間ほど経った頃、俺はそんな叫び声で飛び起きた。

「ああ？　なんだなんだっ!?」

そののっぴきならない叫び声で目を覚ました俺は、何事かと貴賓室から甲板へと出たのだが、直後、全てを理解した。

「あ、これは詰んでる……」

目の前に広がるのは甲板を慌ただしく駆け回るアルデア兵たちと「撃てえええええっ!! 撃ちまくれえええええっ!!」と叫び声を上げるグラウス海軍大将の姿。

そして、俺たちの乗る船を取り囲むように水面から顔を覗《のぞ》かせる巨大な生命体。

そのワニのような顔をした巨大生命体は口に折れたマストを咥えながら鋭い眼光を船に

向けていた。

よくよく見ると俺の船を囲むように航行していた武装商船の数が一つ減っており、いくつかの小型ボートで近くの船に避難するアルデア兵士の姿が見える。

海龍だ……。

見たことはないけれど、おそらくこれが海軍大将の言っていた海龍とやらだろう。

アルデア兵たちは大将の号令のもと、クロイデン製の大砲を撃ちまくっているが、海龍が素早く避けるせいでなかなか命中しておらず海面に水柱を立てるだけだ。

「あああっ!!　ロ、ローグさまあああああっ!!　危険ですうううっ!!」

と、そこで大将が俺の存在に気がつき、慌てた様子で俺のもとへと駆け寄ってくる。その手には魔法杖が握られていた。

「ローグさまっ!!　ここにいては危険ですっ!!　安全な船内にお隠れくださいっ!!」

「いやいや、船が沈んだら安全も何もないだろ。ってか、これはどういう状況だっ!?」

なにがどうなったらこうなるんだよ……。

そんな俺の質問に彼女自身もなぜこうなったのか理解できないようで、困惑の表情を浮かべている。

「ってか、この海域には海龍は出ないって言ってたじゃねえか」

「はわわっ……そのはずです……」

「しかもあの海龍、なんかデカくないか？」

「おそらく一〇メートル級かと……」

「いや、一〇メートルって伝説級だって言ってたじゃねえかよ」

「伝説がおきました……」

「しかも海龍は単独行動を取るって言ってたよな？　これ……何頭いるんだ？」

「ざっと一〇頭近くは……」

「おいおい、富くじに当たるよりもさらに低い確率を引いてんじゃねえよ……」

こいつどんだけ運に愛されてるんだよ……。

あ、もちろん悪い意味で……。

なんでも大将曰く、三〇分ほど前までは海も穏やかで平和な時間が続いていたらしい。

あまりに平和すぎて兵士たちは甲板にボールを持ち込んで前世で言うところのサッカーのようなスポーツに興じていたらしい。

が、突然、船が大きく揺れ始めて何事かと思ったら海面ににゅっと何頭もの海龍の頭が現れたんだって。

「申し訳ございませんっ!!　で、ですが私以下アルデア軍の兵士たちが命をかけてローグさまをお守りいたしますのでご安心ください」

「そ、そうか……とにかく俺も応戦するからなにがなんでも海龍を追い払うぞ」

「危険ですっ!!　海龍に飲み込まれたら大変です。貴賓室にお隠れください」

「そんな悠長なこと言ってる場合かよっ!!　魔法杖を持ってくるからお前も死ぬ気で戦えっ!!」

「は、はいっ!!」

そう言うと彼女は魔法杖を片手に海龍のいる方へと駆けていった。

あぁ……絶望的だ……。魔王とかラクアとか言ってる場合じゃねえ……。

それから俺は貴賓室に戻って魔法杖を手に取ると海軍大将とともに海龍と戦った。

俺は石化魔法を必死に放ち、海軍大将もまた風魔法で応戦するが、残念ながら石化魔法は海龍には届かないし、海軍大将の風魔法も海龍にとってはそよ風程度の効果しかないようだ。

「もう終わりだ……こんな化け物に勝てるわけがない……」

「かあちゃんっ!!　俺、こんなところで死にたくねえよっ!!」

あまりにも絶望的な状況に、完全に諦めモードのアルデア兵士たちの嘆きの言葉が聞こえてくる。

が、諦めたら終わりだ。とにかく必死に魔法杖を振り回してなんとか海龍に石化魔法をかけようと頑張っていた俺だったのだが……。

後方からなにやら暢気《のんき》な「はわわ～」というあくびの声が聞こえたので、思わず後ろを振り返る。

　すると、そこには魔法杖を抱えながら伸びをするカナリア先生の姿があった。

「せ、先生っ⁉」

「あ、ローグさん、おはようございます……。本当はすぐに起きるつもりだったのですが、うっかりこんなに長く眠ってしまいました」

　なんて言うと先生は茶目《ちゃめ》っ気《け》たっぷりの笑顔でペロッと舌を出す。

　なにそれ可愛い……。

　そんな先生の笑顔に思わず頬が緩みそうになるが、すぐにそんな場合ではないことを思い出す。

「か、カナリア先生、危険ですから船内に避難してくださいっ‼」

「え？　え？　どうかしたんですかっ⁉」

「いや、見ればわかるでしょっ⁉」

　そう言って海龍たちを指さす。すると先生はなにやら目を細めて海龍の方を見やる。

「す、すみません。今ちょっとコンタクトレンズを着けていなくて……」

「こ、コンタクトレンズっ⁉　な、なんすかそれっ⁉」

「え？　コンタクトはコンタクトですよ。魔法石を薄くスライスした眼鏡のような物です」

　あ、俺の知っているコンタクトレンズとほぼ一緒だ。

この世界にそんな物があることに感心しながらも、またすぐにそんなことを考えている場合ではないことを思い出す。

「海龍ですっ!! 海龍が出たんですっ!!」

そう叫ぶとカナリア先生はようやく事態を理解したようで「えっ!? えええええっ!?」と慌ててポケットから眼鏡を取り出すとそれをかけた。

どうやら先生はかなりの近眼のようで瓶底眼鏡である。

「ロ、ローグさんっ!? 大変ですっ!! 海龍がたくさんいますっ!!」

「だからそう言ってるじゃないですかっ!! 早く避難をっ!!」

「だ、ダメですっ!! 私がなんとかしますから皆さんは私から離れてください」

「え? 先生、なんとかできるんですか?」

「あれぐらいならなんとかなります」

ということらしい。

そこで俺は思い出す。

そ、そういえばカナリア先生はS級魔術師なんだったわ……。

ということで未《いま》だ必死に海龍に風魔法を使う大将の服を摑むと「お、おい大将、すぐに兵士たちを船内に退避させろっ!!」と叫ぶ。

「え? ええっ!? ですが、そんなことをしたら」

「いいからさっさとやれ。これは勅令だ」

さすがに勅令には従う以外の選択肢はないようで、大将は慌てて「皆の者っ!!　今すぐに船内に退避しろおおおっ!!」と叫んだ。

そんな大将の言葉に兵士たちは動揺しつつもぞろぞろと船内に退避していく。

そして、甲板には誰もいなくなった。

「ローグさんも危険ですので避難してください」

と先生から忠告されたので、俺もまた貴賓室へと移動して窓から先生の様子を窺《うかが》う。

すると先生は落ち着いた様子で甲板の端まで歩いて行くと「海龍さ〜んっ!!　危ないですから逃げてくださ〜いっ!!」と叫んで海龍に船を離れるように忠告をする。

いや、そんなのでいなくなったら苦労しねえだろ……。

案の定、海龍たちに逃げる様子はなく雄叫《おたけ》びのような鳴き声を発すると、ぐるぐると船の周りを旋回し始める。

そんな海龍たちの行動に先生は、穏便に済ますことを諦めたようで魔法杖を構えると静かに瞳を閉じた。

そして、

「しゃ、しゃいにんぐばーすとおおおおおっ!!」

おなじみのしゃ、しゃいにんぐばーすとである。

「え、えくすとりいいいいいむうううううっ!!」

ん？　エクストリーム？　その聞き慣れない言葉が耳に入るやいなや、先生の魔法杖が激しく光り、辺りは靄《もや》に覆われる。

が、すぐに靄は晴れて光が魔法杖柄頭の魔法石に集約すると、直後杖の先から海面に向かって光線が放たれた。

光が海面に直撃した瞬間、船が大きく揺れる。

穏やかだった波が突然大きく隆起すると同時に光線の通過した海面は逆に大きく沈み込み……。

「か、海底っ!?」

が、一瞬見えたような気がした。直後、じゅっと熱い鉄板に水滴を落としたときのような音が聞こえて海面に水蒸気が立ちこめる。

そんな先生のしゃ、しゃいにんぐばーすとえくすとりーむに俺もアルデア兵たちも言葉を失う。

そして言葉を失ったのは俺たちだけではなかった。

さっきまで陽気に船の周りをぐるぐると旋回していた海龍たちはピタリと動きを止めてお互いの顔を見合わせる。

「「「「……………」」」」

が、その直後、海龍たちはなにやらコクコクと頷くと、マストを咥えていた海龍はそっとマストを海面に置いた。

そして、

「「「ぎゃおおおおおっ!!」」」

と耳を劈《つんざ》くような悲鳴を上げると、脱兎《だっと》の如く遠くへと逃げていく。

そのあまりの出来事に俺たちは逃げていく海龍の背びれを呆然《ぼうぜん》と眺めることしかできなかった……のだが。

「うおおおおおおおおっ!!」

誰かがそう叫ぶと同時に、船内は自分たちの勝利を理解したアルデア兵たちの歓声に包まれて、兵たちは一人、また一人と甲板へと飛び出してカナリア先生のもとへと駆けていく。

気がつくとカナリア先生は兵士たちに取り囲まれており、これまた気がつくと彼女の小さな体は兵士たちによって胴上げされていた。

さ、さすがはカナリア先生……。

これまでの人生最大の危機を脱することができた……気がする。

幸いなことに海龍を退治してからこれまでのところ、航海は順調に続いているようで俺は暇を持て余している。

というのも……。

「ローグさんごめんなさい……ちょっと体力の限界です……」

カナリア先生がここにきて船酔いでダウンしてしまったのだ。

先生から精霊さんの扱い方をたくさん教えてもらおうと思っていたのだが、こればかりは仕方がない。

ということでやることがなくなった俺だったが、できる限り無駄な時間は作りたくなかったので、これからレビオン・ガザイ王国についてまた色々と尋ねてみようとミレイネの部屋を訪れた。

部屋をノックするとすぐに扉が開き、中から畜生メイドのクロネが姿を見せる。

「真っ昼間から発情ですか……お盛んですね……」

「もうそういうことでいいよ」

ツッコミを入れるのも面倒くさい。

「で、ミレイネはいるか？」

と尋ねるもクロネが返事をする前に部屋の奥にミレイネの姿を見つけた。

ということで「お邪魔するぞ？」と一応断りを入れて部屋に入った俺だったが、彼女は俺の言葉に返事をせずになにやら両手を組んで瞳を閉じている。

ん？　なにやってんだ？

頭に疑問符を浮かべながらミレイネへと歩み寄るも、やはり彼女は俺に反応することなく、窓の外を向いたままなにやら神に祈りを捧《ささ》げるように両手を組んでいた。

そんな彼女をしばらく眺めていると、彼女はゆっくりと瞳を開いてこちらに顔を向ける。

「あれ？　いたの？」

「一応一言断りは入れたぞ」

そんな言葉にミレイネは「そう」と答えると近くのテーブルへと腰を下ろした。

「で、私に何か用？」

「クロイデン王国って確かヘレリア教徒が多いんだっけ？」

自分が全く宗教に興味がないためうろ覚えではあるが、クロイデン王国もアルデア中立王国もヘレリア教徒が多く、教会なんかも結構建っていた記憶がある。

さっきの祈りはヘレリア教の何かの儀式だろうか？

そう思って質問したのだがミレイネは「はあ？」と首を傾げた。

「一応クロイデン王家は全員ヘレリア教徒だけれど、私はあまり興味はないかしら。なんでそんなこと聞くの？」

「いや、だって何か祈ってたから」

ミレイネの反応的にさっきのは宗教とは関係ないのか？

なんて疑問を抱いていると彼女は「あ、あぁ……」と俺の質問の意図を理解したようで窓の方へと顔を向けた。

「あれは故人に祈りを捧げていただけよ」

よくよく見てみると窓際には小さな机が置かれており、その上に一輪の花の入った花瓶が置かれていた。

「故人？　ご家族に不幸でもあったのか？」

首を横に振るミレイネ。

「違うわ。私のために命を落とした王国民に祈りを捧げているの」

ミレイネのために命を落とした王国民？

そんな彼女の言葉は少しひっかかる。

「お前のために命を落とした？」

「あんたには話していなかったわね」

そう言ってミレイネは俺に視線を向けた。その表情はいつも俺に憎まれ口を叩く彼女とは少し違っていた。

俺に話していなかったこと？

「一人の男が死んだのよ。あの日カザリアで」

あの日と彼女が言うその日はきっと魔王がミレイネを人質にカザリアに上陸した日のこ

とだろう。

胸騒ぎがした。

「その男はね、私が魔王に捕らえられていると信じて勇敢に立ち向かって死んだのよ」

「おいおいそんな話聞いてないぞ」

「話していないからね。だけど、あんただってクロイデン王国とドンパチする以上、罪なきクロイデン王国民が命を落とすことぐらい覚悟していたんでしょ？　覚悟がなかったとは言わせないわよ」

当然ながら覚悟は決めていた。

けれども、そうではない。俺の抱いた胸騒ぎはそうではない。

「その男は私を魔王から救おうとして死んだのよ。国王やクロイデン兵ですら私の命を奪ってでも魔王を倒そうとしていたのに、その男は必死に私を助けようとして命を落とした。私にはその男を蘇《よみがえ》らせることはできないけれど、せめてその男のことを一生忘れないようにこうやって毎日祈りを捧げるようにしているの」

「…………」

「この説明で満足かしら？」

そう言って首を傾げるミレイネに俺はなにも答えられない。

「どうしたの？　あんた顔色悪いわよ……」

嫌な予感がした。

なにかこれといった根拠があるわけでもないのに、ミレイネの言葉で俺の頭はその嫌な予感で埋め尽くされる。

「ミレイネ……その男がどんな男だったか覚えているか？」

「はあ？　そんなこと知ってどうするの？」

「知らないのか？」

「いいえ、知っているわよ。クロネを秘密裏にカザリアに向かわせて調べさせたわ。その男はカザリアの近くの村に住んでいる元冒険者の男らしいわ」

「おいおい、まさかそれってシャリン村のことじゃないだろうな？」

「あら？　あんた詳しいわね。そうよ。その男はシャリン村に住んでいたそうよ」

「…………」

嘘だろ……。

ミレイネの言葉に絶句する。

「あ、あんたホントに顔色悪いわよ？　もしかして船酔いでもしたの？」

嘘だろ……嘘だと言ってくれ……。

シャリン村出身の元冒険者の男。その情報で思い当たる人間は一人しかいなかった。

「い、いや……大丈夫だ。なあミレイネ？」

「なによ」

「その冒険者の息子はラクアって名前じゃなかったか？」

「え？　そ、そこまでは知らないけれど……」

とミレイネが答えた直後、黙っていたクロネが俺を見やった。

「ローグさま、どこでその情報を？」

クロネは訝《いぶか》しげに俺を見やる。

おいおい勘弁してくれよ……。

クロネはどうしてそのことを知っている？　と目で訴えていた。が、それに答える気力は今の俺にはない。

基本的に運命などという曖昧な言葉は嫌いだ。

だからこそ、ラクアの父親を確実に救うためにクロイデン王国と戦争まで起こしたのだ。

にもかかわらずラクアの父は死んだ。

そのどうしようもない事実に俺の脳裏に運命とかいう馬鹿げたことばが浮かんでしまった。

なんだ？　俺は命と金をかけて魔王がラクアの父親を殺すのをお膳立てしたのか？

体から力が抜けていく。

視界が曖昧になっていき、足下もフラフラしてくる。

そりゃ当然だ。今まで俺は完璧にことを進めてきたと思っていたのだから。

一番マズい失敗に気づくこともできずにバカみたいに浮かれていた自分が情けない。

「ちょ、ちょっとあんたっ!! しっかりしなさいよっ!!」

と、そこで誰かに体を抱きかかえられた。気がつくと目の前にミレイネの顔がある。

「クロネ、すぐにお医者さんを呼んできてっ!! ローグ、とりあえずそこのベッドに横になりなさい」

「……………バカみたいじゃねえか……」

譫言《うわごと》のようにそう呟《つぶや》く俺を無視してミレイネは俺をベッドの方へと運んでいった。

※　※　※

ラクアはカザリアで貧弱な壁を見たその日に決断した。

こんな壁じゃ魔王からカザリアもシャリン村も守れない。

それが壁を見たラクアの率直な感想である。

クロイデン王国が多額の税金を投入して建造中の防御壁。高さは一〇メートル近くあるその壁の厚みは三メートルに達し、クロイデン製の大砲も簡単に弾《はじ》き返すことのできる代物である。

クロイデン王国にとっては贅に贅を尽くしたこの上ない頑丈な壁。

そんな壁を見たラクアの感想が『こんな壁』である。

この程度の壁であれば、たった半年しか鍛錬を積んでいないラクアですら簡単に撃ち抜くことができる。そんな壁をいくつ作っても魔王から街を守ることなんてできるはずがない。

別にラクアが自身の能力を過信してうそぶいているわけではない。

むしろラクアは自分の能力を過小評価している。自身を平凡な魔術師だとすら思っている。

これまで孤独に魔術の鍛錬を続けていたラクアには、自身の能力を客観的に判断することができないのだ。

誰だって半年も鍛錬を積めばこの程度の能力を手に入れることができると思い込んでいる。

少なくとも彼が天才であることを知っている人間はこの世界に一人しか存在しない。

だからこそ、そんなラクアですら撃ち抜けそうな壁を一生懸命建設するクロイデン王国を見てこの上ない不安に襲われた。

このままでは魔王に全てを破壊されてしまう。カザリアの街もシャリン村も魔王に襲われて大切な人がまたいなくなってしまう。

そんな結末はラクアには堪えられなかった。

近々魔王がカザリアに攻めてくるという根も葉もない噂もラクアを決断させるのに十分すぎる根拠となった。

「あら？　今日は早いのね？」

ラクアがカザリアを訪れて数日が経ったある日の朝。

いつもならば布団のぬくもりに抗《あらが》えず二度寝、三度寝をくり返してからリビングにやってくるラクアが、寝間着から普段着に着替えてリビングに現れたものだから母親は物珍しげな顔で彼を見やる。

それどころかラクアはどこに出かけるのだろうか、大きく膨らんだリュックと魔法杖を玄関に置いていた。

そんな母の疑問にラクアは柔和な笑みを浮かべた。

「ほら、昨日話したでしょ。今、裏山に小さな小屋を作っているんだよ。明日には雨か雪が降るって村長さんが言っていたし、今日のうちに完成させなきゃ」

そう説明をしてテーブルに腰を下ろすとパンを二つに割って、そこにバターを塗る。

あくまで何気ない日常のふりをしてラクアはパンを頬張《ほおば》った。

これが母との長い別れになることを決して気取られぬように、いつもの自分を演じる。

そんなラクアの演技が功を奏したのか、母は特に疑問を抱く様子もなく「そう、けれども暗くなる前には必ず家に帰ってくること。ママとの約束ね？」とパンを頬張るラクアに視線を送った。

「もちろんだよ」

そう答えてラクアは一気にパンを口の中に詰め込むと、椅子から飛び降りて父の祭壇へと向かう。

木造の小さな小屋の形をした祭壇の前には花瓶が置かれており、その中には黄色い花が一輪生けられていた。

ラクアは祭壇の前で手を組むと亡き父に想いを馳せた。

——パパ、僕が必ず魔王を討ち取ってパパの無念を晴らすよ。だから、僕が留守の間、ママとお祖父《じい》ちゃんのこと守っていてね。

いつもよりも少し長く祈りを捧げると、ラクアはゆっくりと瞳を開いて玄関へと歩いて行く。

ラクアは今日、旅に出る。

魔王を倒すために旅に出る。

それがラクアの勇敢さなのか、本当の意味での恐怖を知らないが故の無謀なのかは誰にもわからない。

が、少なくともラクアにとってはこの決断が、もっともカザリアやシャリン村の人々を守ることができる、そして父に対して胸を張ることができる決断であると信じていた。

幼いラクアでも当然こんな決断を家族が理解してくれるとは思っていないので、家族にはなにも告げることはせずに旅に出ることにした。

後ろめたい気持ちがないわけではないが、それでもラクアの決断を止める決定的な理由にはならなかった。

「じゃあ行ってくるねっ!!」

いつものように元気よく母に別れを告げると靴を履いて家を後にしようとするラクア。が。

「あ、ラクア、ちょっと待ちなさい」

そんなラクアを母が呼び止める。

母はラクアに「少しそこで待っていなさい」と言うと隣の部屋へと駆けていき、コートを手に持ってラクアのもとへと戻ってきた。

「冷えるからこれを着て行きなさい」

母はそう言ってラクアにコートを着せると、彼の小さな体を一度ぎゅっとハグしてから彼を解放した。

「いってらっしゃい」

そんな母の言葉を背にラクアは家から飛び出す。

彼の視界に広がるいつもと変わらない田舎の風景。

視界いっぱいに広がる畑も、その奥にそびえ立つ山々も、そして農作業に勤《いそ》しむ村人たちの姿もラクアにとってはいつもの風景で、それでいて今日だけは不思議と懐かしさを感じさせた。

しばらく慣れ親しんだ風景を眺めたラクアは一度コクリと頷く。

——この風景を守らなきゃ。

恐怖がないと言えば嘘になる。今でも魔王の姿を想像するだけで足が震える。それでもその恐怖心はラクアを思いとどまらせる理由にはならない。

父だってこの恐怖に打ち勝ったのだから。

父だって恐怖に足が震えながらも果敢に魔王に立ち向かったのだから。

第二章

常夏の美少女たちと国王の迷走

それから数日間の記憶は曖昧だった。

あの後、ベッドに寝かされた俺は医者に診てもらうことになった。が、これといった体の不調は医者も見つけることができず、船酔いか疲労で体が参ってしまっているのだろうということになった。

とんだやぶ医者だ。

が、さすがに俺の体調不良の原因を特定させるのは少々酷である。

結局、その後は自室のベッドでほとんどの時間を過ごすことになった。

失敗した。

そんな気持ちに脳を支配された俺は思考停止状態に陥ったのだが、さすがに国王としてこれはマズいと思い思考を再開させる。

確かにラクアの父の死は俺にとって大きな痛手である。

なにせラクアは父を殺されたことにより魔王を恨むようになったのだから。

そういう意味ではラクアの父の死はラクアに致命的なきっかけを与えてしまったことになる。

が、あの後、ミレイネから詳しい事情を聞き出した俺は、その認識が誤りであることを知った。

どうやらラクアの父を殺したのは魔王ではないという事実だ。

ラクアの父親は魔王とクロイデン兵との戦闘に巻き込まれ、クロイデン兵の弾に撃ち抜かれて命を落としたらしい。

だとすればラクアにとって父の死は魔王を恨む決定的なきっかけにならないのではないか？

そう思ったが、すぐにそれは楽観的すぎると思い直す。

最終的に父の死の原因がクロイデン兵の銃弾だったとしても、魔王が攻めていなければラクアの父は死ななかった。

そういう意味ではラクアは魔王……だけではなく俺のことを恨んだとしてもおかしくはない。

まあいずれにせよ俺がまずやるべきことは現状把握だな。

落ち着けローグ。ここで取り乱しても泥沼に嵌《は》まるだけだ。

自分にそう言い聞かせる。

俺はすぐにグラウス海軍大将を呼びだし、アルデアに伝書飛龍を飛ばすことにした。

カクタに頼み『カクタ長距離伝書飛龍便』に使用している飛龍を一頭譲り受けていたのだ。

シャリン村に密偵を送り、ラクアという少年の動向を探るよう命じた手紙をしたためる。

当然ながら手紙を見たフリードは困惑するだろうけど、とにかく動向を探って妙な動きはしていないか確認するよう勅令であることを表す印鑑まで押しておいたので問題ないだろう。

そして俺の手紙を持った飛龍が船から飛び立った翌日、船はガザイ王国へと到着した。

「ローグさま……船が港に接岸いたしました……。下船の準備をお願いいたします……」

なにやらしょんぼりした海軍大将に貴賓室でそう促されたので下りる準備を始める。

なんとか強引に頭を切り替えて手を打とうと決意した俺だったが、どうやら落ち込んでいたのは俺だけではなかったようだ。

昨日、海軍大将に手紙を送るよう命じたときも思ったのだが、どうも海軍大将がここのところしょんぼりしている。

きっかけはわかっている。

それは嵐の心配も海龍の心配もないと胸を張っていたにもかかわらず、彼女の予想がことごとく外れて自信をなくしたせいだ。

海龍に襲われた日の夜には、甲板の端っこで膝を抱きしめてすっかりしょんぼりしてい

「はぁ……どうして全然上手《うま》くいかないんだろう……。あんなに頑張って計画をたてたのになぁ……」

なんてぶつぶつと呟《つぶや》く彼女を見てミレイネとカナリア先生は顔を見合わせて心配し、クロネは「一度ボコボコにして彼女から辛い記憶を消しましょうか？」と肝が冷える提案を俺にしてきた。

いや、いちいち怖いんだよ……。

さすがにクロネの提案を承認したら辛い記憶どころか全ての記憶がなくなってしまいそうだったので、ミレイネとカナリア先生に彼女を励ますように頼むことにした……のだが。

「あれはしばらくかかるわね……」

「レイナさん可哀想《かわいそう》です……」

海軍大将のもとに歩み寄りなにか言葉をかけてきたミレイネとカナリア先生だったが、どうやらダメだったようでそう言うと首を横に振る。

「そんなに落ち込んでるのか？」

海軍大将があんな状態だと色々と困るのだけれど……。

「相当自信を失ってるみたい。私たちではレイナのメンタルを元に戻すのは無理ね」

「ローグさんがなんとかするしかないです」

「はあっ!?　お、俺がですか？」

「レイナさんはローグさんからの評価を落としてしまったことを心配しているみたいです……泣きながら『ローグさまにポンコツだと思われた……』と言ってましたよ？」

いや、ポンコツだと思っていたのは前からなんだよな……。

グラウス海軍大将の勘違いに困惑する俺だが、そんな俺にミレイネが歩み寄ってくると「あんたレイナをなんとかしなさいよ」と睨《にら》んできた。

いやいや、あいつが勝手に予想を外して落ち込んでるだけだろ？

どうしてそんな奴《やつ》を俺が励まさなきゃならん……。

「レイナはあんたが言葉をかけなきゃ立ち直れそうにないわ。上司なんだから部下をその気にさせるのもあんたの仕事でしょ？」

「仕事でしょって言われてもなぁ……」

「とにかく私たちには無理だから、あんたがなんとかしなさい。あ、カナリアちゃん、向こうで私と一緒にジュースを飲みましょ？」

「はいっ!!　私ジュース大好きです〜っ!!　だけどレイナさんが少し心配です……」

「レイナはローグがなんとかするから大丈夫よ。ね？」

そう言ってミレイネはカナリア先生の手を取ると自室へと戻っていってしまった。

なぜかその場に残り続けたクロネが「やはり彼女の記憶を――」と提案してきたので

「いや、いい」と丁重にお断りしておいた。

そんなこんなでレビオン・ガザイ王国に到着するまで、ずっとしょんぼりしていた海軍大将だったが、さすがにこのまま任務を続けられるのは困る。

一応、大将としての自覚はあるようで、しっかりと仕事はしているそうだが、しょんぼりした空気をまき散らされるのは軍の士気にかかわる。

「はぁ……やるしかないか……」

ということで、あまり乗り気ではないが俺はやることにした。

「おい、海軍大将」

俺に下船の準備を促して貴賓室を立ち去ろうとする海軍大将を呼び止める。

そんな俺の言葉に彼女は少し驚いたようにビクッと肩を震わすと、なにやら不安げに俺のことを見つめてきた。

「ど、どうしましたか？」

私、またなにかやっちゃいましたか？　とでも言いたげな表情だ。

そんな彼女に「ちょっとこっちに来い」と手招きすると彼女は俺のもとへと歩み寄ってきた。

「ど、どうしましたか？」

なにやら手をもじもじさせながら俺のご機嫌を伺ってくる海軍大将。

あぁ……これは確かに重傷だ……。

が、海軍大将である以上、これ以上しょんぼりされると本気で士気に関わる。

「お前は俺が一番嫌いな人間を知っているか？」

そんな俺の質問に彼女は少し驚いたように首を傾《かし》げる。が、それでも少し頭を悩ませるように眉を顰《ひそ》めてから口を開いた。

「それはその……先代のザルバさまですか？」

「え？　あ、いや、個人名を挙げろって言ってるんじゃない。俺が聞きたいのはどういう性質の人間かということだ」

唐突に父親の名前が出てきてちょっとびっくりした。

まあ、嫌いな人間の一人であることには違いないけどな。

海軍大将は再び頭を悩ませると、また口を開く。

「失敗ばかりして、ローグさまのご期待に応えられないような人間でしょうか？」

そう答える海軍大将は今にも泣き出しそうだ。

おそらく自分の事を言っているのだろう。

が、残念ながら彼女の答えは間違っている。

「違うな。お前に俺の一番嫌いな人間の特徴を教えてやるよ」

「あ、ありがとうございます……」

「俺が一番嫌いな人間は……」

俺が一番嫌いなのは。

「過去の失敗をいつまでも引きずって立ち直ることができない人間だよ」

「はわわっ……」

どうやら彼女は俺の言葉に思い当たることがあったようで、動揺したように目を見開いた。

「お前はなにか勘違いしているみたいだが、俺は別に失敗をする人間は嫌いじゃない。みんながみんな俺みたいに優秀じゃないことは知っているし、部下が失敗をすることぐらい織り込み済みだ」

「で、ですがローグさま、私の失敗のせいでローグさまを命の危機に晒《さら》してしまいました……」

「そうだな。これで仮に俺が死んでいたらお前は生き残っても首チョンパだし、アルデア中立王国の存亡も怪しかった」

まあ、本気で死んだと思ったしな。

「も、申し訳ございませんっ!! なんとお詫《わ》びをすればいいか……」

「が、幸いなことに死ななかった。それは疑いようのない事実だ。その事実を突きつけられてお前が取るべき行動はしょんぼりすることなのか？」

「それはその……」

「さっきも言ったが、俺は変えられない過去にいつまでも固執して前を向かない人間は嫌いだ。そんな奴をそばに置いておくつもりもない」

「…………申し訳ございません……」

「残念ながら優秀な俺をもってしても過去は変えられない。親父《おやじ》のせいで命を落としたアルデアの民を生き返らせることはできないし、先の戦争で死んだ兵士も戻ってこない。そのことをいつまでも後悔してアルデア城に引きこもる俺に、お前は仕えたいと思うか？」

「そ、そんなことはないです……」

「それは俺も同じだし、お前の部下だって同じだ。それともお前はその程度の人間なのか？　俺がお前の実力を見誤っただけでお前は海軍大将になるだけの器ではなかったのか？」

「いえ、そのようなことは……」

「だったらもっと胸を張って海軍大将らしく振る舞えっ‼　反省と後悔は別物だぞ？　嘘《うそ》でも良いからアルデア海軍の大将としてふさわしい立ち振る舞いをしろ。お前が堂々としている限り、俺は海軍大将の任を解くことはない」

そんな俺の言葉に海軍大将は何も答えずにじっと俺のことを見つめていた。

なんだかんだでこいつは部下からの人望も厚いし、これからますます大きくなっていく海軍を率いるだけの度量もある……と、少なくとも俺は信じている。

ポンコツなところもあるが、それを差し引いても他に適任者はいないだろう。

これからのアルデア中立王国にはこいつは必要不可欠だ。

だからこそ、こんなくだらないことで、いちいちしょんぼりされると俺としても困るのだ。

ここで立ち直ってくれよ……。そう願いながらしばらくグラウス海軍大将を眺めていると、彼女は一度顔を下に向けて「わ、わかりました……」と小さく答えて再び顔を上げる。

顔を上げた彼女の表情は笑みに満ちていた。

「ローグさまっ!! 私はアルデア中立王国アルデア海軍の大将ですっ!! ローグさまのお命はこのレイナ・グラウスが必ずやお守りいたしますので、ドドンと大船に乗ったおつもりでお過ごしくださいっ!!」

そう言って彼女はぽんぽんと自分の胸を叩《たた》く。

「よし、ならばそれでいい」

「はいっ!!」

と彼女はそう元気よく答えると俺に背中を向けて、意気揚々とポニーテールを揺らしながら貴賓室を出て行った。

どうやら立ち直ってくれたようだ。そんな彼女の表情を見てほっと胸を撫《な》で下《お》ろす。

このままレビオン・ガザイ王国でもしょんぼりされると困るからな。

なんて考えているとなにやら視線を感じたので貴賓室のドアを見やった。すると、ミレイネとカナリア先生がドアの隙間から顔を覗《のぞ》かせていた。

「な、なんだよ……」

「やるじゃん」

とミレイネがニヤニヤしながら答えた。

なんだろう。こいつはどの立場から物を言ってるんだ？

謎に上機嫌なミレイネに少しイラッとしながらも下船の準備を始めるのであった。

そう、後悔したところでなにも得られるものはないのだ……。


この世界の地理にはあまり詳しくないのだけれど、おそらくこの世界にも北半球と南半球という概念が存在するらしい。

位置の関係上、アルデア中立王国とレビオン・ガザイ王国とでは季節が正反対なのだそうだ。

さらにいえばレビオン・ガザイ王国は地図の真ん中付近、地球で言うところの赤道に近い位置に存在するそうで、冬になってもアルデア中立王国の春ぐらいの暖かさはあるらしい。

ということでレビオン・ガザイ王国は現在、夏真《ま》っ只中《ただなか》。

ウルネアを出発するときには俺もグラウス海軍大将も厚着をしてぬくぬくの状態だったのだけれど、今、そんな物を身につけたら熱中症でぶっ倒れる自信がある。

ということで半袖に短パンというカジュアルな姿の俺はグラウス海軍大将と一緒にレビオン・ガザイ王国のガザイ王国の港街へと下り立った。

「あ、暑い……」

覚悟はしていたが相当強い日差しと熱気である。額に浮かぶ汗を拭いながら街並みを眺めやる。

視界に広がるのは東西に広がる石造りの背の高いビル群。

王国民たちの住むアパートなのだろうか？

それとも商店が入っているのだろうか？

ここからではわからないが、少なくともこのビル群を眺めるだけでクロイデン王国やアルデア中立王国よりも経済規模が大きいことは簡単に理解できる。

港には多くの商人たちや、どこかに遠出をするのだろうか、大きな荷物を持つ旅行客のような人々の姿も見られた。

王国経営に自信を持ってはいるが、アルデア中立王国にもまだまだ伸びしろがあることを痛感せずにはいられない。

なんて感慨深く埠頭《ふとう》から街並みを眺めていた俺だったが。

「ねえねえローグローグ、マナイに向かいましょ？」

俺の服の袖を引きながらワンピース姿のミレイネが急《せ》かしてくる。

そんなミレイネの隣では、どうやらミレイネに着替えさせられたであろう同じくワンピース姿のカナリア先生がご機嫌そうに俺を眺めていた。

可愛《かわい》い。

いやいや。

「マナイに向かうのは用事が終わってからだ」

俺の一番の目的は魔法石の入手である。これを手に入れて十分な軍拡を達成しない限り安心して王国の経営はできないのだ。

マナイなんておまけのおまけ。時間がたまたま空いていたらついでに寄るかもしれない程度の場所だ。

「ローグさん、マナイには美味《おい》しい果物やジュースがたくさんあるそうですよ。美味しい物を一緒にたくさん食べましょうっ」

が、事情を知らないカナリア先生が健気《けなげ》にそんなことを言ってくるので、心が揺らぎそうになる……。

カナリア先生に美味しいものをいっぱい食べさせてあげて笑顔にしたい。

そんな欲望を抱かないでもなかったが、必死に自制して首を横に振る。

「先生、楽しみは後に残しておきましょう。マナイに着いたら目一杯美味しいものをご馳《ち》走《そう》しますので」

そんな俺の言葉にカナリア先生は「楽しみにしておきますね」と答えた。

　ホント可愛い。

「ローグさま、馬車の用意ができました。お乗りください」

　いつまでもカナリア先生の健気な笑顔を眺めていたかったが、グラウス海軍大将に促されて馬車に乗り込む。

　ということで一行はガザイ国王の待つ城へと向かった。

　馬車に揺られながら車窓を眺めるが、やはり間近で見てもガザイ王国の経済規模はかなりのようだ。

　そびえ立つビル群には『〇〇商会』と書かれた看板がいくつも掲げられており、その他にも格式の高そうなホテルや、いくつものテーブルが並ぶ大きなレストランなんかも見える。

　どうやらここの民たちは自身がガザイ王国民であることに誇りを持っているようで、なんというか表情から紳士的というか、自身が上流階級であることを自覚しているような余裕がうかがえる。

　いずれはアルデア中立王国も王国民であることがステータスになるような国にしよう。

　なんて密かに決意しながら街並みを眺めていた俺だったが。

「おっとっとっ!!」

　唐突に馬車がガクンッと揺れて思わず俺と隣に座っていた大将が前につんのめる。

「なんだよいきなり……」

「何事でしょうか？　ちょっと見てきますねっ!!」

と、大将は魔法杖《まほうじょう》を手に持って元気いっぱいに馬車を降りていく。

馬車が故障でもしたのだろうか？　なんて首を傾げているとすぐに大将が戻ってきた。

「車輪が穴に嵌まってしまったようです……」

ということらしい。

が、そんな彼女の言葉に俺は疑問を抱く。こんな立派な街で馬車が脱輪？

不審に思いつつも馬車から乗り出して石畳の地面へと目を落とした……のだが。

「ん？」

「どうかしましたか？」

「いや……よく見たら結構ボロボロだなって……」

なんというか意外だった。

見たところガザイ王国の経済規模はアルデア中立王国を遥《はる》かに凌《しの》ぐレベルだ。それはこのビル群や王国民の表情を見ていたらすぐにわかる。

にもかかわらず石畳はなんというかあまり手入れがされていないようで、ところどころ石が剝《は》がれて穴が開いている。

どうして修繕しないいんだ？　石畳の修繕もできない過去のアルデア領じゃあるまいし

……。

なんて不思議に思いながらも穴の開いた石畳を眺めていると、再び馬車がガタンと揺れた。

「あ、どうやら穴から抜け出したようです」

「………」

「ローグさま？」

「え？　あぁ……そうか」

まあたまたま修繕工事が遅れているのか？

なんて自分なりに適当に解釈をすると、再びガザイ王国の街並みを眺めやるのであった。

それから三〇分ほど馬車に揺られたところで俺たち一行はガザイ国王のいる城へとたどり着いた……のだが。

「な、なんじゃこりゃ……」

目の前に広がる庭園と、その奥にそびえ立つ巨大な城を目の当たりにして思わず絶句する。

ガザイ王国の国王が住む城なのだ。それはそれは立派な城がそびえ立っているのだろう。

そう思ってやってきた俺だったのだが、目の前に広がる光景は俺の想像していたものとは大きく違った。

いや、確かに庭園は広いし、城も巨大である。おそらくクロイデン国王が住む城よりも大きいだろう。

が、驚いた理由はそこではない。

「おい、ミレイネ……これはなんだ？」

思わず俺は隣に立っていたミレイネのワンピースの袖を引く。

「………」

が、ミレイネもまた目の前の光景に絶句しているようで目を丸くして突っ立ったままだ。

まあ無理もねえか……。

なんというか城は荒れ果てていた。

巨大な庭園にはいくつもの花壇が並んでいるのだがそこに花はなく、それどころか枯れ果てた花……だった物体が土の上に横たわって土に還るのを待っている状態だ。

庭園の中央に設置された噴水からは泥水のような濁った水が噴き出しているがパイプが詰まっているのか勢いはない。

が、俺が最も驚いたのは城である。

その巨大な城は蔦《つた》によって覆われており、かろうじてシルエットがわかる状態だった。

窓の多くは蔦に覆い隠されており、見えている窓のうち数枚はガラスが割れてしまっている。

「嘘だろ……おい……」

いやいやなんで？　それとも城を間違えたのか？　実はこっちは今は使っていなくて別の場所で生活しているとか？

海軍大将を見やると彼女は慌てた様子で首をぶんぶんと横に振る。

「確かにここで間違いないはずです。港でも確認はとりました」

「いや……でも……」

にわかに信じがたいが、ここで間違いないというのであれば城に入るしかない。

ということで城に向かって歩き出そうとしたのだが。

「ロ、ローグ、交渉頑張ってねっ!!　私、ここでローグのこと応援してるからね」

とミレイネが引きつった笑みで俺に手を振っている。

どうやらこの荒れ果てた城を見て日和《ひよ》ったようだ。

が、そんな甘ったれた態度を俺が許すわけもなく。

「ミレイネ、交渉には国王と会ったことのあるお前の力が必要不可欠だっ!!　二人で力を合わせて交渉頑張ろうな」

満面の笑みでミレイネを見つめてやると、彼女の腕を摑《つか》んで城へと引きずっていく。

「や、やだっ!!　私、こんな汚いところに入りたくないっ!!　クロネっ!!　ねえクロネ助けてってばっ!!」

　なんて泣きそうになりながらそばにいたクロネに視線を送ったが。

「ミレイネさま、汚いと思うから汚く見えるのです。綺麗《きれい》なお城だと思えば問題ありません」

と、クロネはミレイネに根性論をぶつけて彼女を見捨てた。

　どうやらこいつは心の底から畜生らしい。

　初めてクロネの行動に感謝しながらもミレイネを引きずって城へと歩いて行くと、城の前に立つモーニング姿の男の存在に気がついた。

　使用人だろうか？

　なんて疑問を抱きながら城の前までやってくると、モーニング姿のその初老の男は俺たちに向かって深々と頭を下げる。

「ローグ陛下、ミレイネ殿下、ようこそガザイ王国にお越しくださいました。わたくし、イブナ陛下の執事をさせていただいておりますネフィアと申します」

　やっぱり俺の予想通りこの男は使用人のようである。

　なんというかぱっと見の印象はフリードにそっくりだな。この世界には執事の標準モデルのようなものでも存在するんだろうか？

　ミレイネの手を離すと彼女は引きつった笑みをネフィア老人へと向けた。

「お、お久しぶりです。ネフィアさん」

ミレイネはこの使用人を知っているようだ。

さすがのミレイネも使用人を目の前にして城をボロクソに言うわけにはいかないようで、なんとか王女様モードを装ってスカートの裾を摘むとわずかに膝を折る。

「ミレイネ殿下、より一層お美しくなられましたね」

そんなミレイネにネフィアの頰《ほお》がわずかに緩んだ。

が、すぐに元の表情に戻ると俺へと顔を向ける。

「謁見の間にてイブナ陛下がお待ちです。どうぞ城内にお入りください」

ということで俺たちは正直入りたくないボロボロの城の中に入ることになった。

まあ、なんというか予想通りではあったんだけど、城内も城外同様に酷《ひど》い有り様だった。

「……くしゅんっ!!」

城に入った瞬間に飛び出したミレイネのくしゃみが全てを物語っているが、城内はろくに掃除がされていないようで全体的に埃《ほこり》っぽい。

ってか天井に蜘蛛《くも》の巣張ってるし……。

あ、ちなみにカナリア先生には馬車でお留守番をしてもらっている。

おそらく昔はさぞ立派な玄関ホールだったのだろうということは想像できるのだが、天井には今言ったように無数の蜘蛛の巣が張っており、そこに描かれていたであろう宗教画のような絵も蜘蛛の巣と埃によってほとんど見えない。

まるで幽霊屋敷だな。

ミレイネもすっかりびびってしまってるようで、さっきから俺の腕にしがみ付いて離れようとしない。

「も、もうやだ……私、帰りたい……」

「足下にお気を付けください」

と忠告しながらネフィア老人が上っていく階段もボロボロで、一段上る度に酷く軋《きし》み、踏み板が抜けたとしてもなにもおかしくない。

いや、本当に大丈夫か？　これ……。

が、こちらなんとしても魔法石を売ってもらわなければならないのだ。相手が気を悪くするような行動は厳禁だ。

ミレイネとともに引きつった愛想笑いを浮かべながらネフィア老人についていくと、謁見の間らしき大きな扉の前までたどり着いた。

「では」

と言ってネフィア老人が扉を開くと、そこにはさっきまでとはうって変わって掃除の行き届いたピカピカの謁見の間が現れた。

クロイデン城の謁見の間よりも広い空間には、ゴシック風の柱が何本も立って巨大な屋根を支えている。

が……。

なんか閑散としているな……。

これだけの王国の謁見の間なのだ。普通であれば国王の他にも大臣や、無数の衛兵が立っていてもおかしくないのだが、広い空間にほとんど人気《ひとけ》はなく、玉座の周りに数人の衛兵が立っているだけだった。

「イブナ陛下、アルデア中立王国からローグ・フォン・アルデア陛下とミレイネ妃がいらっしゃいました」

ミレイネ妃？

そんなネフィア老人の紹介にミレイネがなにやらジト目で俺を見つめてくる。

当然ながら俺がこいつを王妃だなんて紹介するはずがない。

が、まあ冷静に考えればアルデア中立王国の国王にクロイデン王国の王女が当たり前のように同伴するのはおかしい。

そう勘違いされるのも無理もないか……。

だからネフィア老人の言葉をあえて訂正もせずに俺とミレイネは玉座の前まで歩み寄る。

それはそうと……。

謁見の間に入ったときから気づいていたのだが、玉座の上に変な物が乗っている。

本来ガザイ国王が腰を下ろすのであろうその玉座には国王……ではなく布団が乗ってい

た。

いや、なんで……。

その布団からはなにやら人間の足らしき物が生えており、こんもりと膨らんだ布団の部分もなにやらもぞもぞと動いていた。

「ローグ陛下にミレイネ妃、こちらにあらせられるのがガザイ王国国王イブナ陛下にございます」

「「…………」」

そう言って布団の方に手を向けるネフィア老人に俺もミレイネも絶句である。

化け物か？

玉座の上で布団を被ったままもぞもぞと動くイブナ国王に、なんと言葉を発すればいいのかわからない。

いや、うろたえるな。ローグ・フォン・アルデア。

何度だって言うが、俺たちの目的は魔法石である。

相手がどのような人間だろうと、俺たちは魔法石を手に入れない限りアルデア中立王国に戻ることができないのだ。

ならば堂々と振る舞わなければならない。

ということで。

「初にお目にかかります。アルデア中立王国、国王ローグ・フォン・アルデアでございます。この度はイブナ陛下にお会いできて大変光栄にございます」

そう言って俺はグラウス海軍大将へと目をやった。

すると彼女は自身の近くに控えていた衛兵から箱のような物を受け取ると俺へと差し出す。

これはアルデア中立王国から持ってきた土産物である。

土産でこの国王の機嫌を取れるかどうかはわからないが、とにもかくにも手ぶらよりはマシである。

ということでフリードにアルデア土産を見繕ってもらい持ってきたのだが……。

ん？

そこで俺は気がつく。その箱には『ウルネアに行ってきました瓦煎餅』と書かれていることに。

「いや、これじゃねえよっ!!」

これはウルネア観光地化計画の一環で試作したお土産用の瓦煎餅。

グラウス海軍大将に、城の守衛に渡してみんなで食べてもらえと言っておいたものだ。

もっともこの城にはろくに守衛もいなそうだが……。

そんな俺の言葉に海軍大将は『やってしまったっ!!』みたいな顔をする。

「はわわっ……申し訳ございません……」

そう言って俺にペコペコと頭を下げると、近くの衛兵から改めて桐《きり》の箱を受け取って俺に手渡してきた。

「そうそう。これこれ」

そう言って受け取った箱をそのままネフィア老人に手渡す。

「こちらはアルデアの木彫り職人の……誰だったたっけ？」

大将は懐からメモを取り出した。

「え、え〜と……りゅ、リューキ・カワタという職人です」

「そうそうリューキ・カワタという職人が彫ったバジルカと呼ばれる伝説の飛龍の彫刻にございます」

説明するとネフィア老人は箱の蓋を開いて「おぉ……これは凄《すご》い……」と目を見開いた。

正直なところ俺にはこの彫刻の価値はさっぱりわからない。今すぐに暖炉の薪《まき》に使えと言われても抵抗なく暖炉に放り込めるレベルには。

が、ネフィア老人にはその彫刻が宝物のように見えるようだ。

そういえばフリードも出発前に『これは本当に素晴らしい彫刻にございます』と目を輝かせながら俺に凄さを熱弁していた。

夜な夜なフリードが「いいな……欲しいな……」と言いながら彫刻の掃除をしていた姿

が今でもはっきりと目に浮かぶ。

どうやらこの彫刻は中高年の使用人の心を引きつける謎の魅力があるようだ。

ネフィア老人はしばらくうっとりとした目で彫刻を眺めていたが、ふと我に返り箱を持ったまま玉座へと歩いて行く。

「イブナ陛下、ローグ陛下からの土産物にございます。素晴らしい彫刻をいただきました」

なんて言いながら遠回しに布団から出てくるよう促すのだが、玉座に座った布団は相変わらずもぞもぞと動くだけである。

ほんと、こんなのの相手をさせられるとはネフィア老人も気の毒なものだ。

と思わなくもなかったがこの人格を手に入れる前の俺の世話をしていたフリードも似たようなものかと思い直す。

相変わらず返事をしないイブナにネフィア老人は「イブナ陛下、ローグ陛下より」と根気よく声をかけた。

すると不意に布団がピタリと止まる。

そして。

「そのような下らん物はいらんっ!!　突き返せっ!!」

そんな声が布団の中からした。

ああ？　下らん物だと？

確かに俺も下らない物だとは思っているが、さすがに渡した相手からそんなことを言われるのは癪《しゃく》に障る。

が、相手はガザイ国王なのだ。

下手に機嫌を損ねるのも面倒なのでとりあえず聞こえないふりをしていると、なにやらネフィア老人が申し訳なさそうな顔でこちらに歩み寄ってきた。

「ローグ陛下、大変失礼なのは重々承知の上ですが……」

桐の箱を返してきやがった。

無礼なんてレベルの所業ではないが、俺はそんなネフィア老人に笑みを返すと「いえいえ、こちらこそ勉強不足で……」と桐の箱を受け取って海軍大将に返す。

と、そこで……。

「その箱はなんだ？」

布団からそんな声が聞こえてきた？

は？　こいつボケてんのか？

そんな国王の言葉に俺は慌てて海軍大将から箱を奪い返すと「こちらですか？」と尋ねる。

が。

「そうではない。もう一個の方だ」

布団の間から細くて白い腕を出すと、国王は衛兵が持っているもう一方の箱を指さした。

おいおい見えてたのかよ……。

国王が指さしたのは『ウルネアに行ってきました瓦煎餅』の方だった。そんな国王に俺と衛兵は顔を見合わせ、衛兵は慌てて俺のもとに箱を持ってきた。

「それを寄越《よこ》せ」

と失礼極まりない国王の言葉に、俺はぐっと怒りを堪えて煎餅をネフィア老人に手渡すと、老人は玉座の布団の方へとそれを持っていった。

態度はともかく瓦煎餅に興味を持ってくれたのは好都合だ。

俺と海軍大将は顔を見合わせてうんうんと頷《うなず》きあった。

国王は布団から伸びた手で瓦煎餅の箱を受け取ると、箱を持った手を引っ込める。

しばらく布団がもぞもぞと動いていたが、それが止まると今度はボリボリと煎餅を食う音が謁見の間に響き渡った。

美味しい煎餅を食って機嫌を良くしてくれれば交渉が上手くいくかもしれない。

そんな期待をしながら玉座に鎮座する布団を眺めていた……のだが。

「ぺっぺっ!!　マズいっ!!」

布団からそんな声が聞こえた。

あ、やばい……こいつぶっ殺したい……。

俺が監修した美味しい瓦煎餅を侮辱されて、怒りが沸点に達した俺は思わず一発ぶん殴ろうと布団に向かって歩み出そうとしたのだが。

「ダメ」

そんな俺の肩をミレイネが摑んで制止する。

「やったらこれまでの苦労が水の泡よ。ここはぐっと堪えなさい……」

「だけど……」

「いいからここは堪えなさい」

そう言われても『ウルネアに行ってきました瓦煎餅』を侮辱された俺の怒りが治まらない。

が、そんな俺の耳を突然国王の叫び声が劈《つんざ》いた。

「うおおおおおおおおおおおおおおおおっ!!」

ん？　なんだなんだ？

突然の大声に俺は怒りも忘れて慌てて布団へと顔を向ける。

そこには布団の中でジタバタする国王の姿があった。

いや、さすがに毒は盛ってねえぞ？

「イブナ陛下っ!!　落ち着いてくださいっ」

そんな国王の絶叫にネフィア老人は慌てて国王の体を押さえる。

「リルアっ!!　リルアはどこだっ!!」

が、ネフィア老人の制止も無視して国王はそう叫んでさらに体をバタつかせた。

リルア？　リルアって……確かレビオン王国の女王の名前だよな……。

「イブナ陛下っ!!　どうか落ち着いてくださいっ!!」

「落ち着けるかっ!!　今すぐにリルアを寝室に呼べっ!!　さもないと貴様の首を今すぐに刎《は》ねるっ!!」

「すぐにお呼びいたしますっ!!　ですからどうぞ落ち着いてください」

「今すぐ呼べっ!!　早く呼べっ!!」

おいおい……いきなりなんだよ……。

煎餅をボリボリ食ってたかと思うと突然絶叫し始める国王イブナ。

そんな国王の姿に俺は呆然《ぼうぜん》と立ち尽くすことしかできない。

「ロ、ローグ……怖い……」

ミレイネの方はすっかりびびってしまっているようで、俺の背中に回るとぎゅっと俺の服を握り締めた。

いや、交渉の難易度高すぎじゃねえか？　この状況からどうやって魔法石の輸入の話に持っていけば良いんだよ……。

なんて考えながら暴れる布団を眺めていた俺だったが、そこでふと布団ともみ合っていたネフィア老人がこちらを見やった。

「ローグさま、本日は陛下の体調が芳《かんば》しくありません。無礼は重々承知の上ですが、どうか今日のところはお引き取りください」

　ということらしい。

　確かにこのままじゃ交渉どころじゃなさそうだな。

　ということで俺たちは依然としてもみ合いを続けるイブナ国王とネフィア老人をおいて、逃げるように謁見の間を後にした。


　二人を置いて城を脱出すると、事情を知らないカナリア先生が馬車の馬に人参《にんじん》をあげている姿が見えて少しだけホッとする。

「あ、ローグさん、早かったですね」

　なんて笑顔で言いながら馬の頭を撫で撫でするカナリア先生。が、俺もミレイネも、それからグラウス海軍大将もげっそりしているのを見て、心配そうにこちらへと駆け寄ってきた。

「し、城でなにかあったんですか？」

「色々ありすぎてなにから説明すればいいのかもわからないわよ……」

　と、相変わらず俺の服を握り締めたままのミレイネがため息を吐く。

「おいミレイネ。聞いていた話と全然違うじゃねえか。なにが爽やかなイケメンだよ。あんなの化け物の一歩手前だぞっ!!」

「私にだってわからないわよっ!! 少なくとも私が前回会ったときは爽やかでイケメンの優しいお兄さんだったんだもん……」

「なにがあれば爽やかで優しいお兄さんがあんな化け物になるんだよ」

「わかんないっ!!」

と、俺の言葉にご立腹のミレイネ。そんな俺とミレイネをグラウス海軍大将が「まあまあお二人とも落ち着いてください」となだめる。

そんな俺たちのやりとりを見てカナリア先生は首を傾げていた。

「なんだかよくわかりませんが、交渉はうまくいかなかったんですか？」

「上手くいくとかいかない以前の問題です……。とりあえずは出直した方が良さそうです……」

カナリア先生は俺のもとへと歩み寄ってきて俺の頭を撫でてくれた。

「なんだかよくわからないですが、お疲れ様でした。ローグさんは凄い人ですしきっと次は上手くいくと思いますよ」

なんだろう……すさんだ俺の心が急速に癒やされていく。

そうだ……そうだよ。

さっきのはなんというか……何かの間違いだ。

きっと落ち着いたときであればまともに交渉ができるはずだ。ってかそうであってくれ……。

強引に自分に言い聞かせると俺は馬車に乗り込もうと歩き出した……のだが。

「ん？」

ふと背後に気配を感じて足を止める。

後ろを振り返ってみるが、そこには蔦に覆われた汚らしい城が鎮座しているだけである。

気のせいか？　………………いや、違う……。

そこで俺は顔を上に向けた。蔦に覆われた城の上部のとんがった屋根の上に人が立っていた。

いや、人ではなさそうだな……。

「おい海軍大将、あれは？」

「え？　あ、あんなところに人がいますっ!!」

「いや、だからあれがなんなのかを聞いているんだよ」

「はわわっ……わかんないです……。あれは人なのでしょうか？」

一見それは人のようだった。具体的には真っ黒いドレスを身につけた綺麗な女性だった。

が、よく見るとそれが人ではないことが俺にも理解できる。

なにせ、その黒い服を着た女性の背中にはコウモリのような羽が生えているのだから。

「あれは……サキュバスだと思います……」

と、そこでカナリア先生が口を開く。

「さ、サキュバスっ⁉　サキュバスって男にいやらしい夢を見させて生気を抜くというあのサキュバスですか？」

そんな俺の質問に、いつの間にそこにいたのかクロネがなにやらジト目を向けてきた。

「ローグさまはそのいやらしい化け物について随分とお詳しいのですね」

「ああ？　たまたま資料で読んだんだよ」

隙を見つけるとしゃしゃり出てくるこいつも化け物みたいなもんだけどな。

「ロ、ローグってそういうのが好きなの？」

とミレイネが純粋な瞳で俺を見つめてくる。

「好きじゃねえよ。それよりも先生はサキュバスを見たことがあるんですか？」

「あります。私は女ですのであまり被害はありませんでしたが、男の人は結構大変な目に遭った人が多いみたいです」

ということらしい。

「けれどもどうして城にサキュバスが？」

「別に珍しいことではありませんよ。クロイデン王国やアルデア中立王国にはサキュバスはいませんが、場所によっては害獣扱いになっていますし、しっかり駆除をしておかなければ街中サキュバスだらけになることも珍しくありません」

「なるほど……」

なんてカナリア先生の説明を聞きながらサキュバスを眺めていると、サキュバスは羽を羽ばたかせて、城の割れている窓の中へと入っていった。

ん？　大丈夫なのか？

なんて思わなくもなかったが、あんな態度をされてわざわざ城に忠告にいくのも面倒くさい。

ということで俺は再び城に背を向けて、今度こそ馬車に乗り込むのだった。

※　※　※

ラクアは一度決めたことは、なにがなんでも実行する行動力の化け物である。

が、それと同時に向こう見ずなところもある。

家族を騙《だま》して家出をしたラクアは魔王討伐の旅に出たのだが、具体的にどのように魔王のもとに向かうのか、いや、それ以前にどこに魔王がいるのかも知らない。

荷物もあらかじめ山で採取した数日分の食料と、寝袋しか持っておらず、現金にいたっては全く持っていない。

が、そのあまりに不十分な装備にラクアが不安を抱くことはなかった。

意気揚々とシャリン村を飛び出したラクアはカザリアに到着すると、道行く人々に魔王がどこにいるのか尋ねることにした。

「お兄さん、魔王はどこにいますか？」

単刀直入すぎる質問をぶつけられた若い男は困惑する。

が、すぐに質問してきたのが幼い子どもだと理解した男は、なにやら笑みを浮かべながらラクアの頭を撫でた。

「どうした？　坊主は魔王に会いたいのか？」

「そうだよ。僕が魔王を倒してカザリアやシャリン村の人たちを守るんだ」

嘘偽りのない言葉を耳にした男はなにやら微笑《ほほえ》ましそうにラクアを見やる。

「そうかそうか。それは頼もしい。魔王は船に何日も乗った遠い海の向こうに住んでいるんだ」

「そうなんだね。その船にはどうやって乗ればいいの？」

「そうだな。きみが大きくなって立派な兵士になればクロイデン軍の軍艦が連れてってくれるさ」

「大人になるまで待てないよ。魔王はすぐにでも攻めてくるかもしれないのに……」

「ああそうだな。そのときは立派なクロイデンの兵士が必ずきみのことを守ってくれるさ」

そう言って男はポンポンとラクアの頭を叩くと、そのまま街の喧騒《けんそう》の中に消えていった。

どうやら魔王のもとに向かうためには船に乗らなければいけないようだ。

が、船に乗るためにはお金が必要だということは幼いラクアも知っている。ならば、お金を稼ぐしかない。

お金を稼ぐならばギルドに向かおう。

短絡的にそう考えたラクアは、ギルドに向かって歩き出す。

ラクアの記憶が正しければ、今ラクアのいる中央通りをまっすぐ歩いて行けばギルドに到着するはずだ。だから、ラクアは迷わずまっすぐに歩き始めた……のだが。

「おい坊主、一人でなにやってんだ？」

なんて声をかけられたので、足を止めて振り返る。

そこにはさっきの男とは違う見知らぬ若い男が立っていた。無精髭《ぶしょうひげ》のその男はなにやらニヤニヤしながらラクアを見下ろしている。

帯に短刀を差した怪しげな男である。が、無垢《むく》なラクアは男に屈託のない笑みを向けた。

「これから冒険者ギルドに向かうところだよ。お金を稼がなきゃ」

「そうかそうか。そりゃ立派だ。けどよ、お前はギルドの登録はもう済ませているのか？」

「登録？」

聞き慣れない言葉だった。少なくともラクアはギルドに行けばいろんなクエストがあって、そのクエストを成功させれば報酬を手に入れることができるということしか知らない。

「その反応だとまだみてえだな」

「多分まだだと思う……」

「生憎《あいにく》だが一〇歳以下の子どもが一人で冒険者登録をすることはできないぞ。ギルド登録をしなきゃクエストは受けられない」

「え？　そ、そうなのっ⁉」

それは困る。ラクアはそう思った。これからギルドに行って船に乗るためのお金を稼がなくてはならないのだ。

男はニヤリと笑みを浮かべる。

「まあ心配するな。保護者の同意があれば登録も可能だ。俺がこれから一緒にギルドに行って保護者になってやるよ」

「ほ、ホントっ⁉」

どうやらラクアは幸運だったようだ。たまたま優しい男に声をかけられたおかげで登録ができるらしい。

「ああ、お前に嘘をついても得なことはないからな。じゃあ俺がギルドに連れてってやるからついてこい」

ということでラクアは男についていくことにした……のだが。

「あ、あれ？」

「坊主、どうした？」

「ギルドは向こうだよね？」

男が歩き出した方向はギルドとは正反対だった。こっちに行っても商店街が途切れて山があるだけだ。

首を傾げるラクアに男は「ちっ……」と舌打ちをする。

「そ、それはその……あれだ。登録はこっちにある事務所でやるんだよ」

「そ、そうなの？」

「そうだ。だから俺の言うとおりについてこいっ!!」

そう言って男の汚い手がラクアの小さな手を摑んだ。

そのままラクアは男に引っ張られながらギルドとは逆方向へと歩いて行くのであった。


ラクアは男に手を引かれたまま街の中心部からどんどん外れへと歩いて行く。

多くの王国民で賑《にぎ》わう中心部とは違い、ラクアの歩く細い道に人通りはほとんどない。

両脇に建つ建物も中心部のものと比べて、ひび割れや傾きが目立ち、商店のようなものも見当たらない。

「ねえ、本当にこっちで冒険者登録ができるの？」

いくら純真《じゅんしん》無垢《むく》なラクアでもその明らかに寂れた光景に不安が過る。

が、男はなにも答えなかった。

道ばたにはボロ切れのような衣服を身につけた男が数人その場に座り込んでおり、光のない瞳でラクアを見つめていた。

そして、そんなスラム街のような通りを奥まで進んだところで男は唐突に足を止める。

「着いたぞ。この建物の中で登録ができる」

そう言って男が指さしたのは看板も掲げられていないボロボロの二階建ての建物だった。

本当にこんなところで冒険者登録ができるのだろうか？

そう思わないでもないが、とりあえずラクアは男の言葉を信じて、男とともに建物の中に足を踏み入れたのだが……。

「な、なんだか煙たい……」

建物に入ると同時にラクアの顔は煙に覆われた。慌てて手で煙を払い辺りを見回すと、もくもくとタバコ？　のようなものをふかしながらテーブルに腰を下ろす男四人が見えた。

テーブルの上にはボードゲームのような物と、その周りに金貨が無造作に置かれている。

「ん？　誰だ？　このガキは……」

男の一人が訝《いぶか》しげにラクアを見やった。

そんな男の疑問にラクアではなく男が答える。

「約束通り健康そうなガキを捕まえました」

なにやら男が嬉《うれ》しそうにそう答えると、テーブルに座っていた男の一人がラクアのもとへと歩み寄ってきて、ラクアの顔をマジマジと眺める。

　次にラクアの腕や足を掴むと「問題はなさそうだな」と呟いた。

——ぎ、ギルドに登録するためのチェックかな？

なんてラクアが暢気《のんき》に考えていると、男はその場にしゃがみ込んでニヤリと笑う。

「悪くないガキだ。奥の部屋に放り込んでおけ。お前の借金から引いといてやるよ」

そう言って男はラクアを連れてきた若い男を見やると建物奥の扉を指さした。

なんだかよくわからないがラクアの評価は低くないようだ。チェックはパスしたのだろうか？　なんて首を傾げつつも奥の部屋へと連れて行かれる。

「坊主、しばらくこの部屋で待ってろ」

「冒険者登録は？」

ラクアの質問にその場にいた男たちがなぜかゲラゲラと笑った。

「え？　ああこれから冒険者登録をするんだよ。終わったら呼ぶからこの部屋で待ってろ」

「う、うん……」

ということでラクアは背中を押されて奥の部屋へと入る。

そこには狭い空間が広がっており、ラクアと同年代の子どもたちが数名、膝を抱えて座っているのが見えた。

その部屋には窓が付いているが、窓には格子が嵌まっている。

――変な部屋……。

と、不審に思うと同時に背後でバタンと勢いよくドアが閉まる音がした。

あまり長居したい場所ではないが、登録が終わるまでここで待つしかなさそうだ。

そう思ったラクアは膝を抱えて座る子どものすぐそばに腰を下ろした。

――どれぐらい時間がかかるのかな？

なんて考えながらも隣に座る少年を見やる。少年はなぜか暗い表情を浮かべており「ま、ママ……」と膝を抱えたまま震えるような声で呟いていた。

「きみもギルドに登録に来たの？」

そんな少年になにも知らないラクアが暢気に尋ねる。すると少年は「え？」と面食らったような顔でラクアを見やった。

「ぎ、ギルド？　なんの話？」

「だってここは冒険者登録をする場所なんでしょ？　だからきみもそうなのかなって思って」

「なに言ってるの？」

どうも少年とラクアの会話がかみ合わない。

「可哀想に……なにも知らないのね……」

と、そこで遠くに座っていた女の子が口を開く。

「可哀想って僕のこと？」

「あんたがなんて言われてここに来たのか知らないけど、私たちは騙されて捕まったのよ」

「え？　ええっ!?　ど、どういうこと？」

「私はママとはぐれて彷徨《さまよ》っていたの。そしたら男の人がママのところに連れてってあげるって言って、ここにつれて来たの」

「ママがここにいるの？」

「はぁ……私、物わかりの悪い男は嫌い……」

と、女の子は呆《あき》れたようにため息を吐く。

「言ったでしょ？　私たちは騙されたの。全部嘘よ。きっと私たちはこのまま誰かの奴隷として売られちゃうんだわ……」

女の子はそこでしくしくとすすり泣きを始める。

そんな女の子を見てもなおラクアは現実が理解できない。

「だ、だってお兄さんは冒険者登録を手伝ってくれるって……」

それなのにどうしてこんなことになっているのだろうか？

ラクアは疑問に思った。そして、その真偽を確かめる為《ため》に部屋を出ようとしたのだが。

「あ、あれ？　鍵がかかってる……」

ドアの鍵が閉まっており、いくらドアノブを捻《ひね》ってもドアは開きそうにない。

ということでラクアはドアをどんどんと叩いて「あ、あの〜お兄さん、開けてくださいっ!!」と頼んでみるがドアの向こうから応答はない。

聞こえていないのだろうか？

子どもたちを見やると、彼らはなにやら呆れたようにラクアを眺めている。その目は『開くわけないだろ』と言いたげだった。

ラクアは再びドアを見やる。

そして、ドアに手を触れると「エアプレート」と呟く。直後、木製のドアは金具ごと前方に吹き飛んだ。そして吹き飛んだドアはさっきラクアをここにつれて来てくれた男を直撃し、そのまま壁に打ち付けた。

「ぎゃあああああああああああっ!!」

直後、男の悲鳴が建物内にこだまする。

「お、おいおい何事だっ!?」

そんな悲鳴にボードゲームに興じていた男たちが一斉に壁を直撃したドアと男へと視線を向けた。が、すぐに後ろを振り返ってラクアを見やった。

「お、おいガキっ!!　なにをやったっ!?」

「ごめんなさい……力加減を間違えちゃった……」

「っ………」

どうやら魔力を込めすぎたようだ。ラクアとしてはドアが開いてさえくれれば良かったのだが、破壊してしまったようである。

申し訳なくなりペコペコと頭を下げるが、男たちはそんなラクアを化け物でも見るような目で見つめる。

そして、男たちはお互いの顔を見合わせると、うんうんと頷いてテーブルの下から小銃を取り出してラクアへと向けた。

「お、おいガキっ!!　なんのつもりだっ!!　下手な動きをしたら撃ち殺すぞ」

「え？　ええっ⁉　なんでっ⁉」

確かにドアを破壊したのは申し訳ないと思うラクアだが、まさか銃を突きつけられるとは思わなかった。

ラクアの背後では銃に怯《おび》えた子どもたちのすすり泣く声が聞こえる。

そしてここでラクアはようやく気がつく。

もしかしたら自分はとんでもないところに来てしまったのかもしれない、と。

「とりあえず銃は危ないから下ろしてよ」

と説得してみるが、男たちは微動だにしない。

それどころか。

「動くなっ!!　次動いたら本気で撃ち殺すぞ」

と、ラクアを脅してくる。

これはよろしくない展開である。ドアを破壊したのは悪いことではあるが、少なくとも殺されるほどのことではないはずだ。

だからラクアは彼らの武装を解除することにした。

銃身を曲げて無効化するために右手を上げようとしたのだが、その直前に乾いた銃声が室内に響き渡る。

小銃から放たれた鉛玉は一直線にラクアに向かって飛んできた。

が、ラクアの体を貫くその前に弾はピタリとラクアの手前で停止した。

キュルキュルとジャイロ回転しながらラクアの顔の前で停止する弾丸を眺めながらラクアは改めて右手を上げると、中指と親指でわっかを作りデコピンをするように指を弾く。

弾丸はそのまま時間を巻き戻すように銃口めがけて飛んでいき銃を破壊した。

その衝撃で男たちの手から小銃ははじけ飛び、床に転がる。

その間数秒間の出来事である。

「ば、化け物じゃねえか……」

男の一人が震える声でそう呟いた。

直後、男たちは「「ぎゃああああっ!!」」とけたたましい叫び声を上げると逃げるように建物から出て行ってしまった。

　さっきまで部屋にいた子どもたちも、この機会を逃すまいと次々と部屋から飛び出して建物から出て行ってしまう。

　気がつくと建物内はラクアとドアの下でうめき声を上げながら倒れている若い男だけになっていた。

　とりあえずラクアはリュックと魔法杖を手に取ると男のもとへと歩み寄る。

　どうやら男は怪我《けが》をしているようだ。そのことに気がついたラクアは男に治癒魔法をかけてやると男の肩を叩く。

「ね、ねえ……冒険者登録……」

「ひ、ひぃ……」

「ギルド登録を手伝ってくれるんだよね？」

「て、て、手伝うっ!!　手伝うから命だけは取らないでくれっ!!」

　男はそう言って今にも泣き出しそうな顔でラクアを見上げるのであった。

※　※　※

　俺たちは王都に貸し切りにしたホテルへと向かい、今後の作戦会議を練ることにした。

できれば一日でも早く魔法石の輸入の許可を貰《もら》い帰路に就きたいところではあるが、あの国王の言動を見る限り早期決着は厳しい気がする。

その後、城に使者を送ったのだが、ネフィア老人からの返事によると、国王の容態は下手したら一ヶ月近くは落ち着かないのではないかとのことである。

ネフィア老人はさらに城での国王の俺への無礼な態度をわびる文章を記しており、怒りというよりはネフィア老人の苦労を慮《おもんぱか》ってしまい、同情の気持ちの方が強くなる。

フリードも昔は本当に苦労したんだろうな……。

なんて過去の自分に思いを馳《は》せていた俺だったのだが、さすがに一ヶ月もこの地でだらだらと過ごしている時間はない。

一日でも早くウルネアに戻ってウルネア観光地化計画を進めなければならないのだ。

ということで。

「とりあえず先にレビオン王国に赴いてレビオン女王に会いに行こう」

とにもかくにも国王の容態が落ち着かない限り、ここにいても観光以上の意味はない。ならば、国王がまともになるまでの時間をレビオン王国との交渉に使った方が有意義なのだ。

そんな提案に移動続きで疲れているミレイネは反対するかと思ったのだが。

「そうね。明日の朝、すぐにでもレビオン王国に出発しましょう」

とあっさり俺の提案を承諾した。

ん？　なんだか怪しいなぁ……。

「妙に聞き分けがいいな？」

「何言ってんの？　私はアルデア中立王国に亡命をさせていただいている身分よ？　ローグの提案に反対する資格はないわ」

あーあー怪しい怪しい。

訝しげな目でミレイネをじっと見つめていると、ミレイネは何やら満面の笑みを浮かべる。

「明日の朝に出発して、そのままマナイに向かいましょ？」

あ、なるほど。

どうやらこの女はこんな気味の悪い国王のいる国をすぐに脱出して、観光地であるマナイに向かってバカンスを堪能したいようだ。

「いや、王都にまっすぐ向かうつもりだけど」

「はあ？　そんなの許されるわけないでしょ？　レイナだってカナリアちゃんだって、マナイのビーチでサンセットを拝むのを楽しみにしてるんだから。ね？」

と、ミレイネはカナリア先生と海軍大将を交互に見やった。

彼女の視線にカナリア先生は「ローグさんと一緒に海で遊びたいです」とやる気満々で、グラウス海軍大将は「わ、私はローグさまの命に従うだけです……」と口では言っているものの顔には『羽を伸ばしたい』とはっきりと書いてある。

どうやら王都に直行したいのは俺だけのようだ。

「それに王都に向かうならば、いずれにせよマナイは通らなければならないでしょ？」

そう言ってミレイネは地図を取り出してマナイを指さした。

確かに海路で王都に向かうならば途中でマナイのそばを通ることになりそうだ。

「…………………」

「ねえローグ、お願い……。一緒に綺麗なビーチを眺めながらトロピカルジュースを飲みましょ？」

そう言って俺にすり寄ってくると猫撫《ねこな》で声《ごえ》でおねだりをしてくるミレイネ。

……まあ、いっか……。

確かに王都への通り道にマナイは存在するし、こいつらはともかく船の乗組員たちも長旅で疲れているだろう。

彼らの体力を回復させるという意味でもマナイ訪問は悪くないかもしれない。

やや口車に乗せられた感は否めないが、俺たちは翌朝、船に乗り込んでそのままマナイへと向かうことにした。

半日ほど船に揺られたところでマナイにはあっさりと到着した。

レビオン・ガザイ王国という国の国土はクロイデン王国とアルデア中立王国を足しても、

その一〇倍はありそうな広大な土地ではあるが、都市として機能している街は沿岸部に集中している。

ガザイ王国の王都はレビオン王国からそう遠くはないし、レビオン王国のマナイや王都もガザイ王国から比較的近い場所にある。

国土の多くは鉱山や人々が住むにはやや不自由な場所で、都市部だけを密集させればクロイデン王国やアルデア中立王国とそこまで大きな差はないのかもしれない。

前世の男の世界で言うところのオーストラリアのような場所なのだろうか？

なんて考えながらも船を下りた俺だったが、目の前に広がる光景に思わず目を奪われる。

「わぁ〜綺麗です〜。ローグさん、こんな瑠璃色の海を見るのは初めてです〜」

なんてカナリア先生のテンションが上がるのも無理もない。

埠頭から少し離れた場所には巨大なビーチが広がっており、海を覗き込むと色鮮やかな珊瑚《さんご》と、そこを根城にしているこれまた色鮮やかな熱帯魚が群れを作って泳いでいるのが見えた。

そんな美しい景色にミレイネも海軍大将も目をキラキラさせている。

「き、綺麗です〜」

と思わず海軍大将も本音が漏れてしまっている。

「おい、海軍大将。お前には俺の護衛任務があるんだぞ。遊びじゃないんだから、そこのところ勘違いするなよ」

釘《くぎ》を刺すと彼女は「は、はいっ!! 当然理解しておりますっ!!」と体をビクつかせた。

そんな俺にミレイネがジト目を向けてくる。

「ダメよ。レイナは私とこれからいっぱいショッピングをするんだから。もしもレイナに護衛して欲しかったら、あんたがレイナについてくることね」

そう言ってミレイネは海軍大将の腕を掴むとお前には渡さないと宣戦布告をしてきた。

俺とミレイネの板挟みになった大将は少し困ったように「み、ミレイネちゃん……私、一応海軍大将だから……」と苦笑いを浮かべていた。

おい、なにが一応だよ。ゴリゴリの海軍大将だという自覚を持て。

怒りに満ちた俺だったが、そんな俺の手をカナリア先生がぎゅっと握る。

あ、柔らかくて温かい……。

「ローグさん、せっかくマナイに来たんですから目一杯楽しみましょ？」

「い、いや……ですが……」

「海には綺麗なお魚さんもいますし、彼らと触れあうのも悪くないですよ？」

なんて言われてしまったら俺に断る手立てはない。

というかなんか最近、海軍大将もカナリア先生もミレイネに取り込まれてないか？

いつの間にかミレイネにアルデア中立王国の実権を握られて、俺が国から追い出されるんじゃ……。

なんて少し不安にならないでもなかったが、とりあえずカナリア先生に手を引かれながら街の中心部へと歩いて行くことにした。

なんというか俺が思っていた以上にマナイという街はしっかり観光地をやっていた。

遠浅の海と自然が作り出した美しい珊瑚礁はもちろんのこと、マナイには観光資源が豊富である。

が、俺が目を見張ったのはマナイという街がそれらの観光資源に頼りっきりではないことである。

海岸沿いではガラス張りの底面を利用して珊瑚や熱帯魚を観覧するためのフェリーが運航されており、樽《たる》を使った酸素ボンベを使用した簡易的なダイビングなんかも実施しているようだ。

これらはただ浜辺から海を眺めるだけではなく、実際に海に入りこれらの美しい自然を体験する楽しみを提供している。

フェリーの操縦やダイビングの指導には現地の人間らしき人々が雇われており、地元住民にお金が落ちる仕組みが作られている。

だが、マナイが凄いところはそれだけではない。

砂浜を少し離れるといくつもの商店やホテルが建ち並んでおり、ミレイネ曰《いわ》く世界的に有名な高級ブティックやフルーツパーラーのような南国のフルーツが楽しめる店などがいくつもテナントとして入っており、海に入らなくても十分に楽しめる環境が整えられていた。

高級ブティックなんかは一見、わざわざ観光地に出店するメリットがなさそうな気もするが、これらの観光地では皆財布の紐《ひも》が緩むものだ。

それに、これらの有名店がマナイにあるのであれば、ブティックを訪れるついでにマナイで観光を楽しもうという層も現れる。

さすがは世界一の観光地である。

あまり乗り気ではなかった俺だったが、これはなかなかにウルネア観光地化計画の役に立つことがわかってきた。

街を歩きながら積極的に地元の住民などに話を聞いていくことにした。

その結果、色々と参考になることがあった。

まずはマナイという街が積極的に地元住人を雇用しているということだ。

ホテルの従業員や地元のマーケットなどはもちろんのこと、高級ブティックなどでもテナント入居の条件に地元住民を優先的に雇用することが記されており、富裕層だけが得をするようなことにならない配慮がなされていた。

こうして観光客が集まってくると当然ながらここら辺一体の地価は上昇していく。

話を聞いた老婆は粗末な服を身につけており、一見、貧乏人に見えなくもないが、実際はタダでもいらないような土地の地価が急騰したおかげで巨万の富を手に入れたのだという。

老婆の話を聞いて俺は思った。

仮にウルネアの観光地が成功したとしても、地元住民に恩恵がなければ俺の求心力は落ちてしまう。

求心力が落ちれば人口が流出する可能性もあるし、軍に志願してまで国を守ろうとする人間も減ってしまうかもしれない。

破滅フラグを回避するためにも地元にお金が落ちる仕組みをしっかり構築しておく必要がありそうだ。

なんてある意味で充実した観光を楽しんでいた俺だったが、ふとミレイネの畜生メイド、クロネが俺のそばに立っていることに気がついた。

「ローグさまは年上もイケる口なのですね？」

「ぶち殺すぞ……」

「やれるものであれば」

「…………」

あぁ……うぜぇ……。一度で良いから一発ぶん殴ってわからせたい。

なんてフラストレーションをためていると、露店で買い物を楽しんでいたミレイネと大将とカナリア先生がなにやらホクホク顔で俺のもとへと戻ってきた。

「あ、ローグだ。なんだかあんた退屈そうね」

あぁ……俺はなんでこいつの亡命を許してしまったのだろうか……。

今からでも変態公爵のもとに強制送還してやりたい気持ちをぐっと堪えていると、なにやら上機嫌そうにミレイネがすぐそばまで駆け寄ってくる。

「それよりも見てよ」

「は？　なにを？」

「決まってるじゃない。レイナとカナリアちゃんよ」

「は？」

ミレイネがそんなことを言うものだから、海軍大将へと目を向ける。

「はわっ……はわわっ……」

するとなにやら顔を真っ赤にしてポンコツ化した海軍大将が恥ずかしそうに立っているのが見えた。

「可愛いと思わない？　レイナとカナリアちゃんを南国仕様にしてみたわ」

「してみたわって言われてもな……」

確かに大将とカナリア先生は南国仕様になっていた。

二人ともお揃《そろ》いのハイビスカス？　のようなイラストが描かれたワンピースを身につけており、髪にはこれまたハイビスカス？　のような髪飾りが付いている。

さらには二人とも涼しそうなサンダルを履いて手にはトロピカルジュースの入ったグラス。そこからストローが伸びていた。

「とりあえずカナリア先生は天使のように可愛い」

そう感想を述べるとミレイネが不機嫌そうに俺のすねを蹴ってきた。

「痛ってえなぁ……」

「レイナにもなにか言ってあげなさいよ」

「なにってなにをだよ」

「可愛いでしょ？　まるで常夏の美少女みたいでしょ？　田舎の世間知らずのバカで純朴な感じが伝わってこない？」

「お前、それ褒めてねえぞ」

確かにワンピース姿の海軍大将からは南国生まれの純朴そうな女の子感が伝わってくる。

そんな彼女を観察していると「はわわっ……」とただでさえ真っ赤な大将の顔がさらに真っ赤になる。

「ま、まあ……悪くないいんじゃないか？」

「はわ……はわ……あ、ありがとうございます……」

なんだろう、他人を褒めると体がぞわぞわしてくる……。

結局、それから海軍大将はすっかり借りてきた猫のように大人しくなってしまった。


それから俺たちはビーチへと移動して海水浴を楽しむことにした。

ミレイネたち女性陣三人組はさっきのショッピングで水着を手に入れていたようで、ミレイネと海軍大将はビキニを身につけ、カナリア先生はワンピース型のフリフリのスカートが付いた水着を着て、きゃっきゃと騒ぎながら水を掛け合っている。

俺はというと少し離れたところでビーチチェアに腰を下ろしながらトロピカルジュースを飲んでいた。

うむ、美味《うま》い……。

カクタ商会が仕入れてくれているおかげで最近ではウルネアでも冷凍で運ばれたグレド大陸産のフルーツを食べることができるが、やっぱり現地でもぎたてのフルーツを搾ったジュースは格別だ。

口内に広がる甘い風味を感じながらストローをチューチューする。

あぁ……幸せ……。

実はさっきミレイネから一緒に水浴びをしないかと誘われた俺だったが、丁重にお断りしておいた。

なぜか？

それは俺の記憶の中で水泳をしたことがほとんどないからである。

まずは前のローグはドラ息子だったため当然ながらそんな面倒な行動をするような人間ではなかった。

そして、前世の男の記憶では学校で水泳という授業を受けていたが、その際に足がつって溺れかけたことがある。それ以来、前世の男は泳ぐことを極端に嫌っていたようだ。

その結果、今の俺はカナヅチである。

もしも足を滑らせて深みに嵌まったらと考えたら海になんて入りたくない。

ということで俺は海に入るのではなく、眺めることを選択した。

しかし水なんてかけ合ってなにが面白いのかねぇ……。

なんて考えながら海水浴を楽しむ三人を眺めていた俺だった……のだが。

「ふむ、アルデア中立王国の国王はまだ幼いとは聞いていたが、よもや、このように可愛らしい君主だったとは」

そんな女性の声が背後から聞こえてきたので、振り返る。

ん？　誰だ？

そこに立っていたのは見慣れない女だった。

年齢は十代後半から二十代前半だろうか？　目鼻立ちの整ったとても綺麗な女性だった。が、少しばかり珍しい格好をしている。

その女が着ている服は前世の男の世界の民族衣装である和服というものによく似ていた。浴衣のような黒い前開きの衣服には鯉《こい》のような魚が描かれており、腰の辺りには太い帯が巻かれている。

そして彼女の長いブロンドの髪のサイドは顎の辺りの高さでバッサリと切り落とされており、前世の男の世界では姫カットと呼ばれた髪型をしている。

なんだか昔の日本人みたいな格好だな。

この世界では異様ではあるが前世の男の記憶がある俺にとっては少し懐かしさも感じる格好をする女。

いったい何者だろうか？　なんて考えていた俺だったがふと我に返る。

いや、ちょっと待て……どうしてこいつは俺のことを知っているっ⁉

そもそもレビオン・ガザイ王国では俺など無名の存在である。

別にアルデア中立王国の国王だと吹聴《ふいちょう》しながら歩いているわけでもないのに、一発で俺がアルデア中立王国の国王であることがバレるのはおかしい。

ってか、それ以前に衛兵に警護されている俺に近づけること自体おかしい。

おいおい衛兵たちはなにをしているんだ？　慌てて周りを見回すと、そこにはビーチの上でいびきをかいて眠る衛兵たちの姿。

彼らのそばには黒いローブと帽子を被った魔法杖を持った自分と同い年ぐらいの女の子が立っている。

もしかしてこの子にやられたのか？　だとしたら俺は今、命の危機に瀕《ひん》しているのではないか？

ようやく緊急事態に気がついた俺は慌ててチェアから立ち上がろうとした……のだが。

「案ずるでない。この者たちは眠っているだけだ。こうでもせぬとそなたに近づけなんだからの……」

「あ、あんた誰だよ……」

刺客か？　いったい俺に何の用だ？

警戒心マックスの俺だが、そんな俺を眺めながら女は袖で口元を隠してクスクスと笑う。

「別にお主をとって食うつもりは毛頭ない。ゆえにそのように怯えた表情を浮かべる必要はない。我が名はリルア一世じゃ。お主は私を捜しておるのじゃろ？」

リルア一世っ⁉

つまりこの女はここレビオン王国の女王だ。

「あ、あんたが女王なのか？」

「いかにも。それにしても瞳がくりくりしていて可愛いのぉ。どうじゃ？　私のペットとして城に仕えるつもりはないか？」

「いや、そんなことするぐらいなら舌を噛《か》んで死ぬ」

「なんと……出会って数秒でフラれてしまうとは……」

　と、リルアはわざとらしく悲しそうな顔をした。

「というかどうしてこんなところにあんたがいるんだ？　あんたは王都にいるはずじゃ」

「ここには離宮がある。夏は基本的に離宮で生活をしておる。そなたがガザイ王国から船でマナイにやってきたと聞いたから、こうして顔を見に来たのじゃ」

　ということらしい。どうやら俺たちの動きはレビオン王国にばっちり捕捉されていたようだ。

　それにしても……。

　ご機嫌そうに笑みを向けてくるリルア一世を眺めながら俺は思う。

　レビオン・ガザイ王国の君主は二人とも癖のある奴だ……。

　なんだか扱いにくそうな君主を目の前にして不安が過る俺だったが。

「あ、リルアじゃんっ!!」

　と、そこで渚《なぎさ》の方からミレイネの声が聞こえてきた。彼女はリルアの方を眺めながら手を振ってこちらへと駆けてくる。

「おお～ミレイネではないか。少し見ぬ間に色気のあるおなごに成長したのぉ」

なんて言いながらリルアはミレイネに小さく手を振る。

なんというかやりとりがフランクだな……。

それからリルア女王はミレイネとしばらく談笑してから、夜に離宮に来るよう言い残してビーチを去って行った。

それと同時にいびきをかいて眠っていた衛兵は次々と目を覚まし始め、自分たちがなぜか眠っていたことに動揺を隠しきれない様子だった。

突然現れた女王に面食らった俺だったが、会談をする前に俺がどういう人間なのか自分の目で見極めるつもりだったのだろう。

ほんと迷惑な話である。

ということでそれからもしばらくビーチで海水浴を楽しんでから、俺たち一行はリルア女王の離宮へとやってきたのだが……。

「わぁ～凄いっ!!　ねえねえローグ見て見てっ!!　海の上に建っているわよっ!!」

なんというか離宮にやってきてからミレイネの興奮が治まりそうにない。

どうやら彼女は遠浅の海の上にせり出すように建つ離宮に感動しているようで、回廊の手すりから身を乗り出しながら海から伸びる柱を興味深げに眺めていた。

が、不意に何かに気がつくと俺のもとへと駆け寄ってきて「ね、ねえローグ……」と猫撫で声で俺の腕にしがみ付いてくる。

「暑苦しいから離れろ」

「ねえローグ、私の新しい屋敷もこんなふうに海にせり出した作りのやつがいいんだけれど……」

どうやら自分も同じような城に住みたくなってしまったようだ。

「安心しろ。お前の屋敷はウルネア近郊の山中に絶賛建設中だ。なんでも近くには高級なキノコがいっぱい生えているらしいぞ。よかったな」

「山は虫が出るから嫌なんだけど……」

「そんなに嫌なら変態公爵に甘えて離宮を建ててもらえ」

「ローグのいじわる……」

そもそもウルネアはここと違って港街である。港の水深もかなりあるらしいし海にせり出した家なんて建てられるわけがない。

別に珊瑚がいるわけでもないし、あんな海にせり出した屋敷を建てたところで何の面白みもない。

傲慢な王女に現実をわからせたところで、俺たちは女王の待つ大広間へと歩いて行く。

この離宮は土足厳禁という変わった建物で、各部屋には藁《わら》を編んだ畳のような床が使用されている。回廊は基本的に板張りで素足で歩くと足の裏が少しひんやりして気持ちいい。

我が家にも一つぐらい和室を作るのもありかもしれないな……。

なんて考えながら大広間の前までやってくると和服のような衣服を身につけた女官が襖《ふすま》のような引き戸を開けてくれた。

視界には畳にして三〇畳ぐらいはありそうな広い空間が広がっており、その奥の一段高い場所にリルア女王の姿があった。

彼女は座布団に正座をくずしたように座っており、肘掛けに肘をついている。

「よく来たのう」

そう言ってリルアは俺たちに小さく手を振ってから近くに来るよう手招きをした。

ということで俺とミレイネはリルアのすぐ前の座布団に正座をし、海軍大将とカナリア先生は引き戸のすぐそばに控えるように立つ。

当たり前のように座布団に正座をする俺だが、隣のミレイネは正座には慣れていないようで少し難儀している様子だ。

「辛かったら私のように足を崩しても良いのだぞ？」

ミレイネを見かねたリルアがそう言うと彼女は少しだけ恥ずかしそうに頬を染めるといわゆる女の子座りをした。

と、そこで俺は海軍大将へと目をやる。すると彼女は『ウルネアに行ってきました瓦煎餅』……ではなく、細長い紙でできた箱を俺に寄越してきた。大将は俺に『今度は間違えなかったですよ』とドヤ顔をしてくる。

いや、この程度でドヤるな。

が、今はどうでもいい。俺は立ち上がってリルアのもとへと歩み寄ると長細い箱を彼女に差し出す。

「つまらない物ですが、お近づきの印にアルデア中立王国から土産を持って参りました」

「私にお土産とな？　ほう……ローグは私のためになにを持ってきてくれたのかの」

リルアは俺からの土産に目を輝かせる。

ガザイ王国の国王がクソみたいな反応だったせいで、嬉しそうにしてくれるだけで好印象に思えてしまうから不思議である。

彼女はお土産を受け取ると箱をゆっくりと開けた。そして、箱の中から現れた物を見ると目を輝かせる。

「なんとっ⁉　これは可愛いペンダントではないか。そなたが選んだのか？」

「選んだのは私よ。リルアは昔ハートが好きだって言ってたから作らせたの。気に入ってくれたかしら？」

「当然じゃ。着けてみても良いか？」

そう言って彼女はペンダントを首にかけると満足げに俺たちに笑みを向けた。

ミレイネの言うとおりこれは彼女が選んだ物である。

初めはフリードに選んでもらう予定だったのだが彼は『女王であれば、リューキ・カワタの野鳥の彫刻が喜ばれるでしょう』という的外れな提案をしてきたので却下してミレイネに選ばせることにしたのだ。

ミレイネに選ばせたのは正解だった。

「可愛いのぉ〜可愛いのぉ〜」

と言いながらハート型の宝石を眺めていたリルアだったが、ふと我に返ったようにこちらを見やると少し意味深な笑みを浮かべる。

「で、今日は私にわざわざ挨拶をするためにやって来た……わけじゃなさそうじゃの……」

リルアの言うとおりである。わざわざ挨拶をするだけにしてはアルデア中立王国とレビオン王国は離れすぎている。

ということでさっそく本題を口にする。

「本日はレビオン王国リルア陛下に折り入ってお願いがあり訪れました。先ほどの無礼をご容赦ください」

先ほどの無礼というのは当然ながらビーチでのことである。

さっきは当たり前のようにタメ口をきいてしまったが、同じ国王とはいえリルアの方が実質的な立場は上なのだ。

なにせ魔法石の貿易をアルデアとするかどうかは彼女のさじ加減一つなのだから。

が、そんな俺にリルアは首を傾げる。

「なぜそのように改まった態度をとるのじゃ？　私もそなたも同じ国王であるぞ？　私のことはリルアと呼べ。謙《へりくだ》る必要はない」

といういうことらしい。どうやら彼女は思っていたよりもフランクな性格なようだ。

そういうことであれば。

「単刀直入に言えばレビオン王国とアルデア中立王国との間で魔法石の貿易がしたい。グラウス海軍大将」

と大将を呼ぶと彼女は冊子を持ってリルアの前までやってくると彼女にそれを手渡した。

「これは？」

「これはアルデア中立王国が取引を行っている貿易品だ。レビオン王国に我が国の西グレド会社と呼ばれる商会を開設させてくれれば、そこを窓口にして冊子に書かれている品物を取り寄せることができる」

「なんと……それは便利な商会じゃの……」

そう言いながらリルアは冊子をペラペラと捲《めく》る。

「ふむふむ香辛料も取引しておるようじゃな。なんでもそなたの国ではカラヌキ粉？　と呼ばれる香辛料を輸入しているとか？」

「そんな話をどこで？」

「我が国の商人がクロイデン王国を訪れた際に口にしたらしい。その粉は肉にかければたちまち美味くなると聞いたぞ？　が、カラヌキ粉はアルデア中立王国しか取引を行っておらんと聞いた」

さすがはレビオン王国である。まさかそんなことまでバレているとは思わなかった。

「カラヌキ粉ならば船に大量に積んである。欲しいならいくらでも持っていってもいいぜ？　気に入れば西グレド会社を経由して輸入することも可能だ」

「肉が美味くなる粉と聞いて気にならん者はこの世におらん。是非とも譲って欲しい」

なんというか手応えは悪くない。

当然ながら魔法石を売ってくれとお願いして売ってもらえるほど外交は簡単なものではない。

相手にアルデアとの外交をすることにメリットがあると思わせた上で輸入を打診するのが効果的だ。

そういう意味では彼女がカラヌキ粉の存在を知っていることは好都合だ。

「で、そなたは魔法石が欲しいと言っておったの？」

そう言って彼女は近くに控えていた和服姿の衛兵へと顔を向ける。すると衛兵は大広間を出て行きしばらくしたところで小銃を抱えて戻ってきた。

なんだなんだ？　いきなり射殺でもされるのか？

少し焦らないでもなかったが、衛兵は俺のそばを通り過ぎるとリルアのもとへと歩み寄り持っていた小銃を彼女に差し出した。

「これがそなたの国の小銃じゃな？」

「え？　あ、あぁ……そうだな……。正確に言えばクロイデン王国から輸入した物だ」

よく見るとそれはアルデア兵が使用しているクロイデン製の小銃だった。

彼女はしばらく小銃を眺めてから金具をいくつか取り外すと中から魔法石を取りだした。

こいつ小銃を分解できるのかよ……。

そんな彼女の技能に驚いていると、彼女は膨らんだ自分の胸元に手を入れて懐から小さなルーペを取り出し、魔法石をマジマジと眺め始める。

「これは五等玉だな」

「ん？　見ただけでわかるのか？」

「もちろんじゃ。わがレビオン王国は魔法石の研磨を主要産業にしているのだ。その国のトップなのじゃぞ？　この手の鑑定は幼い頃から徹底的に叩き込まれておる」

ということらしい。

「で、そなたは何等玉が欲しいのじゃ？」

「一等玉が欲しい」

「それは無理じゃの」

「どうしてだ？」

「レビオン王国は輸出する魔法石に制限をかけておる。なにせレビオン王国は加工済み魔法石のシェアを独占しておるからの。おいそれと高品質な魔法石を輸出していては自分自身の首を絞めかねん」

そりゃそうだ。敵対国に上質な魔法石を輸出して戦争なんてしかけられたら目も当てられない。

リルアは続ける。

「悪いが一等玉はレビオン・ガザイ王国の兵器にしか使用しないと決めておるのじゃ。それに一・五等玉や二等玉はより親密な関係である友好国にしか卸しておらん」

「ならば三等玉を」

「五等玉が限界じゃ」

ということらしい。五等玉といえばクロイデン製の兵器に装着されている物と同じである。もちろん売ってくれるに越したことはないが、クロイデン王国と同じでは国防という意味では少々心許《こころもと》ない。

「………………」

リルアの提案に渋い顔をしていると、彼女はルーペから目を離して俺へと笑顔を向けた。

「そなたが我がペットとして一生を尽くすというのであれば三等玉も考えないではないが

の？」

「いや、それは死んでも嫌だ」

「そんなに私のペットになるのは嫌かの？　私のペットになれば毎日そなたを可愛がってやるというのに……」

と、わざとらしく寂しそうな顔をした。

が、すぐに元の笑顔に戻るとなにやら首を傾げた。

「ところでイブナにはもう会ったのか？」

「え？　あ、あぁ……会ったけどそれがどうかしたのか？」

「まずはあの者をどうにかせん限り、五等玉どころか魔法石の輸出も難しい」

「はあ？　ど、どういうことだよ」

「ガザイ王国は数年前に魔法石の輸出を突然止めた」

「止めた？　ど、どうして？」

「…………」

そんな俺の言葉にリルアはわずかに表情を暗くする。

ん？　なんだか事情がありそうだな……。

「レビオン王国では主にガザイ王国で採掘された上質な魔法石を輸入加工し、それらを世界中に販売して利益を得ておる。だからガザイ王国が魔法石の輸出を止めると死活問題な

のじゃ」

「なら、今は輸出はやってないのか？」

「いや、レビオン王国でも魔法石の採掘自体は行っておる。が、それらはガザイ王国と比べて低品質で、主に産業用の魔法石や、六等や七等玉の魔法石にしかならんのじゃ……。あとは過去に作った物を倉庫から引っ張り出して販売することしかできん」

ということらしい。つまり今のレビオン王国は仮に輸出しようにも上質な魔法石が圧倒的に不足しているようだ。

「もしもそなたがあの者を説得してレビオン王国への魔法石の輸出を再開させてくれるというのであれば、望み通り三等玉を売らんでもないぞ？」

「いや、あの国王を正気に戻せる気が俺にはしない……」

「正気に戻す？　もしかしてイブナはそんなに容態が悪いのか？」

と、そこでリルアは驚いたように目を見開いた。

「ん？　イブナ国王とは最近会っていないのか？」

そんな質問にリルアは首を横に振る。

「イブナはどのような状態であった？」

と、身を乗り出して彼女が尋ねてきたので、俺はガザイ王国でのことをリルアに話してやることにした。

「ふむ……まさかそこまで深刻な状態であったとは……」

「以前はあんなんじゃなかったのか？」

「少なくとも私の知っているイブナはガザイ王国を率いるにふさわしいまともな男じゃった」

「それがどうしてあんな状態に……」

リルアは再び表情を暗くする。

なにやらこの女はそれなりに事情を知っていそうだ。

「半分は私のせいかもしれないな……」

「リルアのせい？　あの国王になにかをしたのか？」

「いや、なにもしなかったからああなったと言っても過言ではない」

「なんだよその意味深な言い方は……」

「…………」

リルアは何も答えずに渋い顔をしていた。その表情は俺に事情を話そうか話すまいか考えあぐねているようだ。

が、少なくともガザイ国王からの輸出をどうにかしろと言うのであれば、最低限の事情を聞いておかなければ動きようがない。

リルア自身もそのことを理解しているようで、しばらく黙り込んでから恐る恐るといった感じで口を開いた。

「私はあの者との婚約を解消した……」

「こ、婚約っ⁉　結婚するつもりだったのか？」

「そうだ。元々私とイブナが結婚をして、その間に生まれた子を新たな王家としてレビオン・ガザイ王国は一つの国となる予定だったのだ。今は二重王国じゃが、経済的にはもはや一つの国と言っても過言ではないし、貴族議員などはすでに統合されている。良からぬ民族衝突や内戦を起こさぬためにもレビオン・ガザイ王国は一つの国になった方が良いというのが多くの王国民の考えだからの」

なるほど。確かにレビオン・ガザイ王国は世界からは一つの国と見なされている。もしも彼らが一つの王国としてやっていくのであれば、君主が二人いることは良からぬ争いの火種になりそうだ。

レビオン女王とガザイ国王の間の子どもとなれば、両国民の感情を逆撫ですることもなさそうだしな。

が、リルアは婚約が破談となったと言った。

「なにか結婚の妨げになるようなことでもあったのか？」

「…………端的に言えば私は子どもが産めない」

「…………」

なるほどリルアが話しづらそうにしている理由を理解した。

確かに新たな王家を作るために結婚をするというのであれば世継ぎが生まれないことは致命的である。

側室を置いたり、養子を取るというやり方もないではないが、それではレビオン王家の血が入らない。それではレビオン王国民にとって納得のいく結果にはならないだろう。

婚約が破談になったことは理解ができた。が、それでもまだ俺の疑問は残る。

「王家の人間はリルア以外にはいないのか？　もしも一つの王家に統一したいのであれば、必ずしもリルアの子どもである必要はないんじゃゃ……」

「そなたの言うとおりじゃ。私はいつまでも女王の座にしがみつくつもりはないし、姪《めい》のルリリが一八になれば女王の座を譲るつもりじゃ。幸いなことにルリリに健康上の問題はないからの」

「ならばイブナ国王とそのルリリ姫を結婚させればいいんじゃ？」

「私もそのつもりじゃった。が、イブナはルリリとの結婚を受け入れなかった」

「なんで？」

「…………」

リルアはなにも答えなかった。

が、彼女の表情を見ているとなんとなく理由が理解できる。

要するにイブナ国王はリルアを愛しているのだ。が、リルアはイブナと結婚をすることができない。

なんだかあの国王が正気を失っている理由が見えてきた気がするな……。

「バカな男じゃ……。ルリリは私の幼い頃と容姿もそっくりじゃ。ルリリを嫁に出せば喜んでくれると思ったのじゃが……」

リルアは少し悲しげにそう呟くと小さくため息を吐いた。

まあ男という生き物はなかなかに未練がましい生き物だからな。

もっとも俺にはあまりない感覚ではあるが、愛した人間と結婚直前まで話が進み土壇場で破談となれば相当なショックを受けることは理解できないでもない。

まあ、それでも国王という立場で考えれば同情はできないけれど。

なんてイブナ国王があんな状態になった理由に納得した俺だったが、ふとあることを思い出す。

「そういえば……」

「どうしたのじゃ？」

「イブナ国王と会ったときに、あの男はいきなりリルアを寝室に呼べとかなんとか騒いでいたような……。それで、使用人がそんなイブナにすぐに呼ぶとも言っていたなぁ……。お前、最近イブナ国王と会ったか？」

「さっき答えたじゃろ。もう何年も会っておらん……」

ならば単にネフィア老人がイブナに話を合わせるためにすぐに呼ぶと嘘でも吐いたのか？

なんてあの奇行がなんだったのか考えていた……のだが。

「ああっ!!　あああああああああっ!!」

そこでそんな叫び声が背後から聞こえてきたので、俺たちは一斉に声のした方へと顔を向ける。

するとなにやら目を見開いたまま固まるカナリア先生が見えた。

「カ、カナリア先生っ!?」

どうやら叫び声を上げたのはカナリア先生のようだ。

「ローグ、この者は？」

「カナリア先生だよ。俺の魔術の先生で世界一優秀な魔術師だ」

少なくとも俺の中では。

「ふむふむ。可愛いおなごじゃの……」

「ああ、世界一可愛い」

いや、今、そんな当たり前のことを再確認している場合ではない。

「先生、どうかしたんですか？」

「ロ、ローグさんっ‼　サキュバスですよっ‼」

「サキュバスっ⁉　それがどうかしたんですか？」

「きっとサキュバスが見せているんですよ、リルア女王の夢を」

そう興奮しながら俺に説明してくれるカナリア先生。

そして、なにやら先生は「うんうん、色々と辻褄《つじつま》が合う」と呟いて一人で納得したように頷く。

「サキュバスが国王にリルアの夢を見させたってことですか？」

「もしそうだとすればローグさんが教えてくれたイブナ国王の行動にも納得がいきます。サキュバスに魅入られた男は正気を失って廃人のようになるのです」

「ま、まさか……」

そう口走ったのはリルアだった。リルアへと顔を向けると彼女は口を手で押さえたまま信じられないとでも言いたげに目を剝《む》いている。

「あの男はそこまで落ちぶれたというのか……」

そう言ったきり黙り込んでしまう。

まあ、そうだろうな。

リルアよ。お前の気持ちは理解できないでもないぜ？

なにせ元婚約相手が自分の幻影を追い求めて、サキュバスに自分との破廉恥な夢を見させているなんて事実がわかるのはドン引きなんてレベルじゃないしな。

が、イブナ国王が正気を失っている理由はこれでよくわかった。

理由がわかれば対処の仕方はないわけではない。

「おいリルア」

「なんじゃ？」

「もしもイブナを正気に戻して魔法石の輸出を再開させれば、アルデア中立王国への魔法石の輸出もしてくれるんだろうな？」

「当然じゃ。イブナの状態は今後のレビオン・ガザイ王国の安寧にも関わることじゃ。それを解決できるのであれば、友好国としてそなたらの国にも魔法石の輸出を解禁するぞ」

「わかった。約束を破るんじゃねえぞ」

「当然じゃ。レビオン王国女王として誓う」

ということらしい。

ならばやるしかない。なにせ魔法石の輸入は国益を大きく左右するどころか、俺の破滅フラグにも致命的な影響を及ぼすのだ。

できるかどうかではなく、やるしかない。

俺は「わかった」と答えると立ち上がって離宮をあとにすることにした。

善は急げだ。観光地で暢気に時間を過ごしている場合ではない。

※　※　※

危うく人攫《ひとさら》いに酷い目に遭わされそうになったラクアだったが、その圧倒的な力によって危機を回避することができた。

が、危機を回避することはできたものの、これではまだラクアの目的は達成されていない。

なにせラクアの目的はギルドで冒険者登録をすることなのだから。

そして若い男が言うには幼い子どもだけでは登録はできないらしい。

となるとなんとしてもこの若い男に保護者になってもらい登録をしなければならない。

ということでラクアは若い男を連れて、今度こそギルドへと向かった。

結果、ラクアは無事冒険者登録をすることができた。

ギルドのお姉さん曰く、ラクアは登録したばかりなので最低ランクのGランク冒険者らしく、受けられるクエストはほとんどないらしい。

「ど、どうしよう……」

お姉さんからそんな悲しい事実を伝えられたラクアが困惑していると、お姉さんはあることを教えてくれた。

「上位ランクの冒険者とパーティを組めば、ご自身のランクよりも上位のクエストを受けることも可能です。そうですね。保護者さまはEランク冒険者ですので、パーティを組んでご一緒にクエストを受けられるというのはいかがでしょうか？」

なんてラクアと男の関係も知らないお姉さんが澄んだ目でそう言うと、ラクアもまたキラキラとした瞳で男を見やった。

「お、お兄さん、一緒にクエストを受けてくれるよね？」

「え？　い、いや……でも俺は……」

「受けてくれるよね？」

「…………は、はい……喜んで……」

詳しい事情は理解していないが、男がラクアに対して何かしらの負い目を感じていることは理解できた。

だから少し強めに頼んでみたらお兄さんはあっさりと了承してくれた。

優しいお兄さんである。

それが汚れを知らないラクアの男に対する率直な感想だ。

そのラクアの評価は完全に間違えているのだが、ラクアにとって今のところ悪い人は自分に銃口を向けてきた男たちだけで、目の前の男に対しての恨みはない。

怯えながらも引きつった笑みを浮かべる男に「お兄さん、ありがとう」と答えると再びお姉さんを見やる。

「Eランクだとどんなクエストがあるの？　できれば一杯お金が稼げるクエストがいいんだけど……」

ラクアには船に乗るためのお金が必要である。できれば一気に報酬が稼げるクエストがいい。

そんなラクアの要望にお姉さんは「少々お待ちください」とペラペラと資料のような物を捲っていく。

そして。

「でしたらセネター領に移動していただき、ゴブリン討伐なんていかがでしょうか？　ゴブリンたちは冬場はあまり活動しないため危険性が低くEランクのクエストとなっております」

「じゃあそれでっ!!」

「お、おいっ!!　ちょっと待てっ!!」

と、そこで男が目を見開いてラクアを見やる。

「どうしたの？」

「セネター領だと？　ここから馬車で二日もかかるじゃねえか。さすがにそんなところまではついていけねえ。それにセネター領には確かバジルカがいるはずだ」

「ば、バジルカ？　確かバジルカって強い龍だよね？」

ラクアは以前亡き父にそんな名前の龍について聞かされたことがある。

詳しいことは知らないが父曰くとても強い伝説の龍らしい。

「そうだ。そんなもんに遭遇しちまったらゴブリン討伐どころじゃねえぞ？」

ということらしい。ラクアはお姉さんを見上げる。

「そ、そのゴブリンの生息地にはバジルカもいるんですか？」

「います。その分報酬はＥランクでも異例の高値となっております」

なるほど、高い報酬を受け取るためにはそれ相応のリスクがあるらしい。

確かにバジルカは怖い。が、ラクアはこれから魔王を討伐しに行くのだ。そんな人間がバジルカを恐れているわけにはいかない。

ということで。

「お姉さん、僕、そのクエストを受けます」

「はい、かしこまりました」

「いやいやいや、待て待てっ!!　俺はまだ死ぬつもりはないぞ。行くなら一人で行けっ!!」

「ダメだよ。お兄さんがいなきゃクエストが受けられないじゃん」

「知ったこっちゃねえっ!!　俺はまっぴらごめんだっ!!」

そう言ってご立腹の男はラクアに背を向けるとギルドから出て行こうとする。

が、それではラクアとしては困る。だから杖《つえ》の先を男に向けるとまるで釣《つ》り竿《ざお》のようにくいくいと自分の方へと引いた。

するると、男の体に突風が吹いて男はラクアのもとへと転がってきた。

「お兄さん、お願い……僕をセネター領に連れてって欲しいな」

「いやなこったっ!!」

「お願い」

ラクアは杖の先端を男の顔に向けると再度頼んだ。

すると、男は顔を青ざめさせて「わ、わかったよっ!!　わかったからその物騒な物を俺に向けるなっ!!」と叫んだ。

どうやらラクアのお願いを聞いてくれるようだ。

ラクアの男への評価がまた一つ上がった。

第三章

魔法石を手に入れるために必要なこと

リルアと別れた俺たちはすぐに船に乗り込んでマナイを後にした。

と言っても距離は近いので夜、船で睡眠をとって目が覚めた頃にはすでにガザイ王国の港へと到着していた。

「ローグさま、それでは下りましょうか」

と下船の準備ができたことを伝えに来た海軍大将とともに船を下りると、カナリア先生と三人で街の中心部へと向かうことにする。

あ、ちなみにミレイネはマナイに置いてきた。

その理由はミレイネがもうしばらくマナイで観光気分を堪能したいと主張したことと、こいつを連絡役としてマナイに置いておき、ついでにリルアの機嫌をとっておいてもらうことにしたからだ。

まあ、あいつが役に立つ場面はあまりなさそうだしな。

ということで埠頭《ふとう》から馬車に乗って街の中心部へとやってきた俺たちは、とある建物の前で馬車を降りる。

「ここがギルドか」

「はい、ローグさんはギルドに来るのは初めてですか？」

「初めてです。いちおう俺、国王やってるせいでギルドに行く機会があまりないので」

こちとら破滅フラグを回避するために躍起になっているのに、わざわざ冒険者ギルドに行って自分の命を危険に晒《さら》すメリットはない。

そんな俺にカナリア先生は柔和な笑みを浮かべると「大丈夫ですよ。私が手取り足取り教えますので」と握りこぶしを作った。

優しくて可愛《かわい》い。

ということで俺と大将とカナリア先生は三人で冒険者ギルドに入ることになった。

さて、俺がギルドにやってきた理由。

それはサキュバスを捕まえるためである。

イブナ国王はサキュバスに誑《たぶら》かされている。だから、そのサキュバスをとっ捕まえて国王に近づかないように説教、それが無理ならいっそ駆除してしまおうというのが俺の考えである。

当然ながら街を荒らすサキュバスの駆除もギルドでは募集されているそうなので、それを足がかりに国王を誑かしているサキュバスの居所を摑《つか》みたい。

ギルドに入ると、そこにはいかにも冒険者ギルドというような空間が広がっており、少し興奮する。

ギルドの中央にはテーブルがいくつもあり、そこではいかにもな人たちが昼間っからビールを飲んで談笑していた。

壁には無数の依頼書が貼られており、これまたいかにもな人々が依頼書を眺めながらあでもないこうでもないと話し合っている。

「カウンターに行ってみましょう」

カナリア先生に先導されながら俺と海軍大将が奥のカウンターへと歩いて行くと、そこでは若いお姉さんがニコニコ笑顔で応対してくれた。

これがギルドの受付嬢というやつか……。

なんて興味深く眺めているとカナリア先生が懐からギルドカードを取り出してカウンターの上に置く。

「ギルドカードの照合をお願いいたします」

「かしこまりました。少々お待ちください」

とお姉さんはギルドカートを手に取ると、なにやら魔法石のような物をカードにかざす。

するとあら不思議、カナリア先生のカードからホログラムのようにギルド協会の紋章が浮かび上がる。

「照合が完了いたしました。Ｓ級冒険者のカナリアさまですね。本日はどのようなご用件でしょうか？」

そう言ってお姉さんはカナリア先生にカードを返した。

「あ、あの……ギルドに入ってきているクエストについてお伺いしたいのですが」

「もちろんなんでもお聞きください。Ｓ級クエストであればいくつかご紹介できるものがあります」

「いや、そうじゃなくて……サキュバスの討伐がしたいのですが」

さっきも言ったが俺たちの目的はサキュバスを捕獲することだ。カナリア先生がＳ級クエストをこなす姿も見てみたいが、それはまた別の機会にということで。

単刀直入に要件を伝えたカナリア先生だったが、彼女がサキュバスについて言及した瞬間、異変が起こった。

なぜだか急にギルドが静まりかえった。

そして、さっきまで仲間たちと会話をしていた冒険者たちが一斉に俺たちの方へと顔を向ける。

「ん？」

なにかあったのか？

たまたま全員同じタイミングで会話を止めたのか？

いや、でもそれならこいつらはどうして俺たちに一斉に視線を向けてきたんだ？

異変に気づいたのは海軍大将も同様だったようで「な、なんで？」と困惑している。

が、カナリア先生の方は全く気がついていないようで「サキュバスの討伐であればなんでも大丈夫です〜」と暢気《のんき》に受付嬢に話しかけている。

そんなカナリア先生の言葉を受付嬢は引きつった笑みで聞いていたが「す、少し確認して参りますので少々お待ちくださいね」と言ったきり奥へと引っ込んでしまった。

なんだなんだ？

その異様な雰囲気に困惑する俺だったが、しばらくしたところで奥から営業スマイルを浮かべた上司らしき男がやってきた。

「カナリアさま、お待たせいたしました。カナリアさまからご要望いただいたクエストについてですが、詳しくご希望をお伺いしたいので奥の応接室までお越しください」

そう言うと男は俺たちをカウンター内に招き入れギルドの奥へと案内した。

そんな男の挙動に少し疑問を抱いた俺だったが、とりあえず大将と一度顔を見合わせてから、俺たちはギルドの奥にある応接室へとやってきた……のだが。

「遅いですねぇ……。なにかあったのでしょうか？」

応接室へと案内された俺たちだったが、男はお茶をテーブルの上に置いて部屋を出たきり戻ってくる様子はない。

もうかれこれ一〇分以上待たされている気がする。

「ローグさまを待たせるなど言語道断です。私が催促してきます」

どうやらそんな男の態度が俺に対する無礼だと大将は判断したようで、ややご立腹の様子でソファから立ち上がって部屋を出て行こうと歩き出した……のだが。

「あ、あれ……おかしいです……」

応接室のドアノブに手をかけたところで海軍大将がなにやら困惑した様子でそう口にした。

「ん？　どうかしたのか？」

「ドアが開かないです。あ、あれっ⁉」

と大将は必死にドアノブをガチャガチャしているが、ドアが開かないようだ。

そんな海軍大将を眺めながら俺は察する。

俺たち、閉じ込められたかも……。

嘘《うそ》だろ……いや、でもなんで？

全く状況が理解できず、ひたすらドアノブをガチャガチャさせる海軍大将を眺めていると。

「私がドアを破壊します」

と一瞬ただの脳筋のようなことを言うカナリア先生が立ち上がって大将のもとへと歩み

寄る。

まあ閉じ込められていると言ってもドアは木造みたいだし、カナリア先生の手にかかればこの程度のドアなど簡単に破壊することができるだろう。

だから、そこまで焦ることもなく先生がドアを破壊するのを待っていた……のだが。

「あ、あれ……おかしいなぁ……」

魔法杖《まほうじょう》をドアに向けていた先生だったが、どうやら上手《うま》く魔術が使えていないようで杖《つえ》を振りながら首を傾《かし》げている。

が、ふとなにかに気づいたように目を見開く。

「どうしたんですか？」

「この部屋で魔術を使うことは不可能みたいです」

「はあ？　どういうことですか？」

「おそらくは部屋の外側に反魔法石が配置されているのだと思います……。そのせいでそもそも魔術が使えないです……」

と、悲しげな表情を俺に向けてくる先生。

「反魔法石ってなんですか？」

「魔法石は魔術を内側から外側に放出する物質ですが、反魔法石は逆に外側から魔力を吸い取る特性のある物質です」

なんだかよくわからないが、その反魔法石とやらがあると魔術が使えなくなるようだ。

「広い空間であれば効果は限定的でなんとかなるのですが、おそらくいくつもの反魔法石が部屋に向かって配置されていて結界のようにガチガチに魔力を抑え込まれています。部屋を出ることができればなんとかなるのですが……」

ということらしい。

いやいや、それは色々とマズいんじゃないの……。

そこでようやくことの重大さに気がついた俺が焦り始めていると「ローグさま、私にお任せくださいっ!!」と大将が俺を安心させるためか笑顔を向けてきた。

「お任せくださいってどうするんだよ……」

「魔術がダメなら物理的にどうにかします」

と、正真正銘の脳筋発言をする大将。

「見てください。幸いなことにこの扉は木でできています。全力で体当たりをすればこの程度のドアなど簡単に破壊できますっ!!」

そう言って大将はぽんぽんと自分の胸を叩《たた》いた。

なんとも頼もしい発言だが、あまりにも自信満々にそう言われると何かのフラグにしか聞こえない。

が、とにかく大将がやってくれるというのであればそれを見守るしかない。

「じゃあ頼んだ」

「はいっ!!　お任せくださいっ!!」

大将は意気揚々とそう答えると一度ドアから離れた。

そして。

「とりゃあああああああああっ!!」

と、叫び声を上げると右肩からドアへと突進していき、強引にドアを破壊しようとした
……のだが。

「はわわっ……」

大将はそのままドアに衝突して間抜けな声を漏らしながらその場に倒れた。

「お、おい……木でできているドアなら簡単じゃなかったのか?」

「ロ、ローグさま……鉄板が入ってるみたいです……」

「そ、そうか……」

どうやら無事フラグは回収されたようである。

その後も俺と先生と大将は何度かドアにタックルをかましたり、抜け道がないかと色々と探してみたりしたが、どうにもなりそうになかった。

あ、ちなみに窓には全て鋼鉄のような固い金属でできた格子がついています。

ということで万策尽きました……。

「痛いです……肩の骨が痛いです……」

それでも海軍大将は果敢にドアにタックルを続けていたが、彼女の肩からボキッと鈍い音がしてから彼女の心がぽっきりと折れてしまったようで、泣きそうな顔で床に転がってのたうち回っている。

「あぁ……レイナさん可哀想《かわいそう》です……」

満身創痍《まんしんそうい》の大将をカナリア先生が撫で撫でする。

とりあえず、物理的にこの部屋から脱出するのは不可能なようである。

さて、どうしたものか……。

なんて頭を悩ませていると、一時間ほど経《た》った頃に不意に鉄板入りの木製のドアが開いた。

三人同時にドアの方へと顔を向けると、そこには見覚えのある老人が立っていた。

「ローグ陛下、申し訳ございません……」

部屋に入ってきたのはイブナの使用人であるネフィア老人だった。

老人は慌てて俺のもとへと駆け寄ってくると深々と俺に頭を下げる。

海軍大将は怒りを露《あらわ》にしていたが、そんな彼女を手で制すと老人へと顔を向ける。

「これはいったいどういうことですか？」

何かの手違いなのはなんとなく理解できたが、手違いにしてもギルドに入っただけで拘束されるのも変な話である。

そんな俺の言葉にネフィア老人はどう説明したものかと動揺しているようだったので。

「とりあえず、こちらにおかけください。ネフィアさんにお伺いしたいことがいくつかあるので」

とにかく彼から色々と事情を聞き出すことにした。


それからしばらくしてギルドの受付嬢とその上司らしきさっきの男が部屋に入ってきて、真っ青な顔で俺たちに頭を下げてきた。

そんな二人に海軍大将は「申し訳ないですまされるかっ‼」とご立腹の様子だったが、なんとなくこの二人に罪はないような気がしたので許してやることにした。

そんな俺に大将は「いいんですか？　本当にいいんですかっ⁉」と納得がいっていない様子だったが、これ以上余計なことに巻き込まれて得なことは何もない。

ということで、俺たちはその辺のことも含めてネフィア老人から事情を聞いていく。

「まずはどうして我々は捕まったのですか？」

そう尋ねるとネフィア老人は少し悩むように黙り込んでいたが、決心したように俺の方を見ると。

「ローグ陛下がサキュバスを討伐されるとおっしゃったからにございます」

と答える。

「サキュバスを討伐するとなにか問題があるのですか？」

「ございます。イブナ陛下はガザイ王国全土にサキュバスの捕獲禁止を命じております」

「禁止？　いや、どうして……」

「それは……」

と答えあぐねる老人。

なるほど……どうやらイブナ国王はサキュバスに魅入られるどころか積極的な保護に乗り出しているようだ。

まあ唯一イブナ国王がリルアにアクセスできる手段だからな。

現実逃避を続けたい国王としてはサキュバスを駆除されるのは色々と問題があるのだろう。

が、ネフィア老人の話で、やはり国王がサキュバスのせいでおかしくなっていることが確定した。

そして、ネフィア老人の表情から察するに彼もそんな国王に頭を悩ませているのがわかる。

「ネフィアさん、リルア女王もイブナ陛下のことを案じておられました。そして、私も陛下の身を案じている一人でございます。差し支えなければ事情を話していただけませんか？　我々はガザイ王国を友好国だと信じております。友好国が困っているのであれば何かの役に立ちたい」

なんて口から出任せを並べたてて老人を諭してみる。

老人は本当に頭を悩ませているようで、俺の言葉を疑う様子もなくしばらく悩むように黙り込んでいた……のだが。

「これから申し上げることは他言無用にございます」

そう前置きをしてから老人はガザイ王国の窮状を話し始めた。

ネフィア老人の話はこうである。

リルアも話していたように、イブナ国王とリルアは元々婚約していたそうで、イブナ自身も彼女を深く愛していた。が、リルアがマナイで話していた理由で婚約は解消されて国王は心に深い傷を負ったそうである。

それでも国王としての自覚はあったようで、ショックを誤魔化《ごまか》すように国王は一生懸命働いていたそうなのだが、そんなある日事件は起こった。

いつものように公務を終えて夜、寝室で眠っていた国王は、部屋に忍び込んできたサキュバスにいやらしい夢を見せられたのだという。

それから国王は毎晩のようにサキュバスを部屋に招き入れるようになり、どんどん生気を抜かれ今のような状態になったようだ。

それどころか生気を抜かれるにつれて国王は疑心暗鬼になっていき、城に仕える使用人、庭師、果ては衛兵の大部分にいたるまでどんどん城から追い出すようになり、城も庭も荒れ放題になったらしい。

それでもネフィア老人はなんとか庭の手入れを頑張っていたが、去年の夏に腰をやってからはあまり動くことができなくなってしまい放置しているようだ。

「つまり諸悪の根源はサキュバスということですね？　サキュバスを追い出せば陛下も少しは正気を取り戻すのでは？」

「その通りにございます。ですが、陛下は被害妄想に悩まされております。下手にサキュバスを駆除しようものなら、その者の命が危ない状態にございます」

「なるほど……」

原因はわかってはいるものの下手に手出しができない状態らしい。

気持ちは理解できないでもない。が、このままサキュバスを野放しにしていてはいつまで経っても魔法石は手に入らない。

ならばやるしかない。

「ネフィアさん、その問題を私たちに任せていただくことはできませんか？」

「ローグ陛下……にですか？」

「はい、ネフィアさんは城に仕える人間です。陛下のそばにいることで動きづらいこともあるでしょう。ですから、私たちがサキュバスのもとを訪れて交渉をいたします」

「ですが、そのようなことがイブナ陛下にバレてしまっては、いくらローグ陛下といえど危険な目に遭いかねません」

「考慮の上です。当然ながらネフィアさんから今の話を伺ったことも国王陛下の耳に入れることはないのでご安心ください」

「………………」

ネフィア老人はしばらく黙り込んだまま何も答えない。

当然だ。こんなことを許したことがバレたとなると彼自身国王になにをされてもおかしくはない。

が、それと同時になんとかしなければならないという危機感もネフィア老人からありありと伝わってくる。

しばらく黙り込んでいたネフィア老人だったが、不意にポケットからハンカチを取り出すと目を拭い始めた。

「ローグ陛下……このようなお願いをすることがいかに恥ずかしいことで無礼なことかは重々承知しております。ですが、その上で私はローグ陛下にお願い申し上げます。どうか我々をお救いください。あの勇ましく王国民から愛されるイブナ陛下を取り戻してくださ い……」

どうやら感極まってしまったらしい。

おそらくこれまで頼るところもなく一人で悩み続けていたのだろう。

おいおいと俺の前で泣き始めるネフィア老人の姿に、さっきまでご立腹だった海軍大将もいつのまにか同情的な視線を送っている。

ということで俺たち一行はイブナ国王を正気に戻し、魔法石獲得のための第一歩を踏み出すことにした。


とにかく聞けるだけの情報をネフィア老人から聞き出した俺たちは、さっそく馬車に乗り王都の外れへとやってきて、登山を開始する。

「おい大将、本当にここにサキュバスはいるんだろうなぁ……」

「はわわっ……そのはずです……。ネフィアさんからいただいた地図ではこのあたりにあるはずなのですが……」

俺たちはあのあとネフィア老人からサキュバスが根城にしている洞窟の地図を貰《もら》って山に入ったのだが……酷《ひど》い道だ。

なんでもこの山はマヌタケと呼ばれる高級キノコが採れる自然の恵み豊かな山らしいのだが、自然が豊かすぎて全く人の手が入っておらず、ろくに登山道も整備されていない。

一応獣道のようなものは存在しているのだが、あくまで獣が通る道である。歩いているとすぐに草木が顔に当たり、もうすでに五回ほど頬《ほお》を切ってカナリア先生に治癒してもらうというのを続けている。

　そんな酷い道をもうかれこれ一時間近く歩いているのだが、道が険しくなるだけで一向に洞窟が見つかる様子がない。

「まさかネフィア老人に騙《だま》されたんじゃないだろうなぁ……」

「一応は地図の通りに獣道が伸びているみたいですし、地図の通りであればそろそろ到着するはずです……」

「本当かよ……」

　不快、不快、とにかく不快だ。

　葉が頬を容赦なく傷つけてくるのも不快だが、それ以上に虫が気持ち悪くて鬱陶しい……。

「あ、ローグさま、お召し物にムカデがついています」

「え？　うわっ!?　お、おいっ!!　早く殺せっ!!」

「わわっ!!　ローグさま、殺しますので動かないでくださいっ!!」

　突然服にムカデがついているとかいう衝撃的な事実を口にされ、パニックを起こす俺を大将が必死に押さえ、懐から取り出したナイフでムカデを切り裂いた。

「ご安心ください。殺しました」

そう言って彼女が地面を指さすと、そこには体長二〇センチほどの巨大なムカデが真っ二つにされてもなお地面の上で蠢《うごめ》いている。

きもっ……。

あぁ……やだ……早く帰りたい。早く帰って風呂に入りたい。

泣きそうになりながら山道を進んでいた俺だったが、不意に俺の服の袖を誰かがぐいぐいと引っ張ってきた。

振り返るとカナリア先生の短い腕が見える。

「ローグさん、あれ……」

そう言って先生がどこかを指さすので、顔を向ける。

すると鬱蒼《うっそう》と生い茂る木々の隙間から光が差し込んでいるのが見えた。

「どうやらあっちに開けた場所があるみたいです。見に行きましょう」

ということなので、獣道をわずかに脇に逸《そ》れて光の差し込む方向へと歩いて行く。

「お、おぉっ!! あれっぽいな」

そして、俺たちは洞窟を発見した。

ジャングルのように生い茂っていた木々は突然まばらになり、その先に小さな公園ほどの開かれた空間と洞窟の入り口らしき穴が見える。

洞窟の前にはガザイ王国の兵士らしき男二人が、まるで門番のように立っていた。

おそらくあれで間違いなさそうだ。ネフィア老人も洞窟はガザイ兵が守っていると言っていたし。

「だけどどうするんだ？」

木の陰に隠れて少し離れたガザイ兵を眺めながら大将と先生に尋ねる。

ガザイ兵は小銃を持っているので普通に危ない。

そんな俺の疑問にカナリア先生が柔和な笑みを俺に向けてきた。

「二人であれば、しゃ、しゃいにんぐばーすとで蒸発させることも可能ですよ」

あ、怖い……。カナリア先生、そんな優しい笑顔でそんなこと言うのは止めて……。

確かに先生であれば可能だろう。が、さすがにサキュバスを捕まえるために人間を殺害するのは気が引けないこともないし、そもそも他国の兵士を殺害するのは国際問題になりかねない。

とはいえ、普通に彼らに事情を話しても洞窟内には通してもらえない……どころかまた捕らえられるだろう。

どうしたものか……。

なんて頭を悩ませていると「ローグさま」と大将が声をかけてきた。

「ローグさま、ここは私に任せてくださいっ!!」

そう言って大将は得意げに自分の胸をぽんぽんと叩く。

「本当に大丈夫か？」

申し訳ないけれど、ここのところ俺にはお前の発言が全てフラグにしか聞こえないようになってるぞ？

訝《いぶか》しげに彼女を眺めるが、それでも彼女は得意げに笑みを浮かべている。

ま、まあいいか……。

「じゃあお前に任せる」

「はいっ」

と答えると大将は魔法杖を構えた。そして、なにやら中腰になって「やあああああっ!!」と大声で叫ぶとその場からいなくなり、洞窟の辺りからポカポカと二回ほどなにかをぶん殴るような音がした。

そして。

「ローグさま〜っ!!」

と、洞窟の方から声がしたのでそちらへと顔を向けると、得意げな表情の海軍大将がこちらに向かって大きく手を振っているのが見えた。

彼女の足下にはガザイ兵が二人倒れている。

どうやら上手くいったらしい。

ということで、俺とカナリア先生は一度顔を見合わせてから洞窟の方へと歩いて行った……のだが。

「おい、これ死んでないだろうなぁ……」

彼女の足下に転がっているガザイ兵がピクリとも動かないので少し心配になる。

「急所も外しましたし、呼吸もしていますので大丈夫ですっ!!」

そう言って海軍大将は背負っていたリュックから縄のような物を取り出して、慣れた手つきでガザイ兵の手足を縛っていく。

「じゃあ、入るか」

「ローグさま、私が前を守ります。カナリアちゃんはローグさまの後ろを守ってください」

そう言うと彼女は洞窟へと歩き始めた。

そういうことなので俺もついていき、先生もまたその後ろをついてくる。

俺の眼前に広がっていたのは確かに洞窟ではあるのだけれど、俺の想像していた洞窟とは少し違っていた。

ほら、洞窟って真っ暗でコウモリがぶら下がっていて、天井から謎の水がぽたぽた落ちているイメージじゃん？

が、俺の目の前は照明石で明るく照らされていて、壁や天井は明らかに人為的に取り付けられたボードのような物が張られている。窓はないが普通に城の廊下を歩いているようなイメージだ。

そのやけに手の込んだ洞窟に感心しながら歩いていたが、ふと海軍大将が足を止めたので、俺もまた足を止める。

彼女は俺の耳元で「ちょっと待っていてください」と囁《ささや》くとその場から消えた。

そして、洞窟の曲がり角の辺りからポカポカとまたなにかをぶん殴るような音がすると、彼女は二人のガザイ兵の首根っこを摑んだままこちらへと戻ってくる。

「殺してないだろうな？」

「大丈夫です。呼吸をしているので」

「そ、そうか……」

まあ死んでいないのであればそれでいい。ということで再び大将がガザイ兵の手足を縛ると俺たちはさらに洞窟の奥深くへと入っていく。

そして。

「ネフィアさんは洞窟の奥の個室にサキュバスがいると言っていました。おそらくこのドアの奥にいるかと」

俺たちの目の前にはおそらくそれっぽい木造のドアが鎮座していた。

「入りますか？」

と確認をとる海軍大将に俺は頷《うなず》く。

ここまで来たら引き返すなんて選択肢はない。ということで大将が魔法杖をぎゅっと握り締めたまま空いた手をドアノブへと伸ばす。

どうやら鍵はかかっていなかったようでギギッという音とともにゆっくりとドアが開いた……のだが。

「な、なんじゃこりゃ……」

なんというか目の前に広がっていたのは生活感に満ちあふれた空間だった。

「留守みたいだな……」

そこにサキュバスの姿はなかった。

だいたい一〇畳ほどありそうな空間にはカーペットが敷かれており、カーペットの上にはふかふかしていそうなダブルサイズのベッドと小棚、さらには小さなテーブルが置かれていたのだが……。

「なんか汚ねえなぁ……」

それが俺の抱いた率直な感想である。ベッドの掛け布団は無造作に捲《まく》れているしカーペットには脱ぎっぱなしの衣服や下着が無造作に置かれている。

なんというか生活感がありすぎる……。

本人を見ていなくてもずぼらだとすぐに理解できるその空間に啞然《あぜん》としていると、遠くから「♪ふっふふ〜んっ!!」と間抜けな鼻歌が聞こえてきたので、俺たちは顔を見合わせた。

サキュバスが帰ってきたのだろうか？

なんだかよくわからないが、とりあえず壁に隠れて鼻歌の主がこちらへとやってくるのを待った。

徐々に鼻歌は大きくなっていき、それと同時に羽をパタパタさせるような音が洞窟に響く。

そして。

「♪ふっふふ〜んっ!!」

鼻歌と同時に黒いドレスを身につけたコウモリの羽を持つ女が部屋に入ってきた。

直後。

「とりゃあああああっ!!」

海軍大将が叫び声を上げると同時にその女の脳天に魔法杖を振り下ろす。すると、ご機嫌そうに歌っていた鼻歌が唐突に途切れてバサリと女は地面に落下した。

「おっ!!　やったか？」

女のもとへと駆け寄ると彼女を見下ろす。そこに倒れているのはこの間城で見たのと同じ巨大な羽を持つ女だった。

よし、とりあえずは捕獲に成功した。

海軍大将に目で合図を送ると、そばにあった椅子にサキュバスを座らせて、手足を椅子に縛り付ける。

よし、これで大丈夫だな。

海軍大将が気絶しているサキュバスの体を揺する。すると、サキュバスの瞼《まぶた》がぴくぴくと動いてゆっくりと瞳が開いた。

が、彼女は自分の身になにが起こっているのか理解していないようで、目をきょろきょろさせて俺たちの顔を見回した……が。

「おう、おはよう。よく眠れたか？」

俺がそう尋ねると自分の身に危険が迫っていることに気がついたようで「はわわっ……」と泣きそうな目で俺を見つめてきた。

「だ、だ、誰っ⁉　あんたたち……」

「心配するな。少しお前と話がしたいだけだ。お利口さんにしている限り命まではとったりはしないさ」

「はわわっ⁉　や、やだっ‼　離してっ‼　離してってばっ‼」

と暴れるサキュバスだが、当然ながら手足を縛られているため身動きが取れない。それどころかバランスを崩して椅子ごと地面に倒れて床に頭を強打すると「はわわっ……」とまた気を失う。

そんな彼女を椅子ごと起こすと再び肩を揺すって目を覚まさせる。すると、彼女は怯《おび》えた目で俺を見つめたまま「命だけはっ‼　良い子でいるから命だけは助けてっ‼　ね？」

とりあえず脅しておけば話ぐらいは聞いてくれそうだ。

と懇願してきた。

※　※　※

セネター領の雪はその比ではない。

秋になればすぐに雪が降り始める上に、冬に入れば積雪は当たり前、一番酷いときには三メートル以上の積雪を観測することもある。

王都カザリアでも冬になれば雪がちらつくことや積もることもあるが、セネター領はクロイデン王国でも有数の豪雪地帯である。

「いや、そういう次元じゃないと思うんだけれど……」

「まあ冬だからしょうがないよ。動いてればポカポカしてくるよ」

「ら、ラクア……寒すぎるんだけど……」

ラクアと男が歩くこの渓谷も夏場は清らかな川が流れるとても景色の良い場所なのだが、今は川の水も完全に凍り付き、その上を雪が蓋をしているせいで雪しか見えない。

普通にこの雪の上を歩けばラクアも男も雪に埋まって身動きが取れなくなる。

そのため靴の上にかんじきと呼ばれる藁《わら》を編んだ接地面積の広い特殊な履き物を履いて

進んでいく。

地元住民ですら滅多《めった》に訪れないこの渓谷を上流に向かって進んでいくラクアと男。

理由はゴブリンを討伐するためである。カザリアのギルドでクエストを受けることにしたラクアと男は馬車に乗りこの地へとやってきた。

このクエストがラクアの受けられるEランクのクエストの中でもっとも報酬が良かったのだ。

ゴブリン討伐自体はそこまで難易度が高いわけではないのだが、この雪である。

討伐以前に凍死してもおかしくないようなこのゴブリン討伐は平均的なEランクの成功報酬の三倍近くあるのだ。

ラクアにとっては一攫千金《いっかくせんきん》のチャンスである。

このクエストを避ける理由はない。

ということでゴブリンを探してもくもくと渓谷を歩くラクアだったが、道連れにされた男にとってはたまったものではない。

もともとはラクアを捕まえてマフィアの親玉に売り飛ばし、その分、借金を減らしてもらう魂胆だったのだ。

それなのになにがどうしてこうなった。

凍える体で必死に先を進むラクアを追いながら男は頭を抱える。

「ラクア……そろそろ休憩しないか？　足が凍えて感覚がなくなっちまったんだが……」

ラクアに刃向かえばなにをされるかわからない。

その恐怖でここまでやってきた男だが、さすがにそろそろ体力の限界である。

膝に手を突きながら白い息をはぁはぁと吐き出していると、ラクアも足を止めた。

「ジュナさん、大人なのにあまり体力がないんですね」

「何とでも言え。とにかく俺はここから一歩も動けねえ……。これ以上進むなら一人で行け」

そう言ってその場に座り込むが、すぐに尻が冷えた。それでも数時間歩きっぱなしのジュナに立ち上がる体力は残っていない。

そんなジュナの姿にラクアは一つため息を吐くと、リュックを下ろしてその中から薪《まき》を数本取り出した。

「しょうがないですね……。じゃあ少しだけ」

そう言ってラクアは地面に置いた薪に手をかざすと、薪がバチバチと音を立てて燃え上がった。

いとも簡単に薪に火を点けるラクアにジュナは戦慄しつつも、本能には抗《あらが》えず薪へと両手を伸ばす。

「あぁ……生き返る……」

激しく燃え上がる薪はジュナの体を芯から温めた。これまでの二五年の人生の中で、ここまで火のぬくもりが幸せだと感じたことはない。

冷え切った指先を解凍しながらジュナはラクアを見やった。

「おいラクア、聞いても良いか？」

「なに？」

「お前の目的はなんだ？　お前、まだ下の毛も生えてないようなガキだろ。そんなお前がどうしてこんな危険を冒してまでクエストを受けたんだ？」

「下の毛？　よくわからないけれど、僕の目的はお金だよ」

「はあ？　借金でもあるのか？」

「ないよ。僕はこれから魔王に会いに行くんだ」

その予想だにしない答えに、ジュナにはそれが本気なのか冗談なのかわからない。

「魔王？　魔王ってのはあの魔王か？」

「そうだよ。カザリアを襲撃したあの魔王だよ。僕はカザリアやふるさとのシャリン村の人々を守るために魔王を倒しに行くんだ」

「またまたご冗談を」

「本気だよ。パパは魔王に勇敢に立ち向かって死んだんだ。仇《かたき》を取らなきゃ」

どうやら本気のようである。

そして、ジュナはラクアのそんな言葉を聞いてピンときた。

魔王に勇敢に立ち向かって命を落とした英雄。そんな噂《うわさ》をジュナは聞いたことがあるし石碑も見たことがある。

てっきり王国が国民の戦意を高揚するための作り話だと思っていたのだが、どうやら実話だったようだ。

「僕はこれ以上家族を亡くして悲しむ人を見たくないんだ。もちろん魔王が強いのは知っているけど、それでもパパみたいに勇敢に立ち向かわなきゃ」

そんなことを汚れのない瞳で訴えてくるラクアにジュナは思わず目を背けてしまう。

この少年の瞳は純粋すぎる。そして、その純粋な瞳を眺めていると後ろめたい気持ちになる。

なぜか？　その少年の瞳を眺めているとかつての自分を思い出してしまうからだ。

ジュナがアウトローの世界に足を踏み入れてもう五年近い月日が経つ。

が、ジュナだって初めからこの世界に入ろうと思ってカザリアにやってきたわけではない。

彼もまたかつては冒険者を目指していた。自分の実力にもそれなりの自信があったし、いつかは立派な英雄としてこの国で名を馳《は》せるという目標も持っていたのだ。

が、残念ながら彼には絶望的に魔術師としての才能がなかった。

冒険者としてクエストをこなしていくうちに、自分よりももっと才能があり、努力もしている人間を目の当たりにして徐々に自信を失っていった。

次第にパーティにも参加させてもらえなくなり、かといって一人で魔物討伐をする勇気もなくなっていたある日、ジュナは怪しげな紙袋を運ぶという仕事を仲間から斡旋《あっせん》された。

それが彼がアウトローの世界に足を踏み入れた瞬間である。

当然ながらその紙袋がマズい物だと理解していたジュナだが、報酬に目がくらんでその怪しげな仕事を引き受けてしまった。

命がけで戦っても手に入らないような大金がこんなにも簡単に手に入る。

そのことを知ってしまったジュナは冒険者の仕事がバカバカしく感じられるようになり、いつしかアウトローの世界にどっぷりと浸《つ》かってしまっていた。

それがマフィアの罠《わな》だとも気づかずに……。

ある日、ジュナはやらかした。いつものように報酬に目がくらみ運び屋の仕事をしていた彼は山中を歩いている途中で山賊に襲われて紙袋を奪われた。

そのことに怒った親分はジュナに多額の弁済を求めてきたのだ。

弁済などできるはずもないジュナは、弁済が完了するまでマフィアの下っ端としてただ同然の報酬で働かされることになった。

今になって考えれば山賊とマフィアはぐるだったのかもしれない。

が、今更気がついてももう遅いのだ。

逃げればふるさとの家族に危害を加えると脅されているジュナにはマフィアの下働きを続けて生きていく未来しかない。

すっかり落ちぶれてしまったジュナにとって少年の汚れのない瞳は眩《まぶ》しすぎた。

「ねえジュナさん、聞きたいことがあるんだけど」

と、一人感傷的になっていたジュナにラクアがそう尋ねてくる。

「聞きたいこと？　なんだ？」

「魔王に会うためにはどうすればいいの？」

「はあ？　お前、そんなことも知らずに行動してたのかよ」

「うん、とにかく行動しなきゃと思ったから」

「…………」

さすがに魔王の居場所も知らずにふるさとを出てきたというのは向こう見ずがすぎる。

が、そんな向こう見ずさが自分には足りなかったのだろうとも思い直す。

「魔王はグレド大陸にいる」

「グレド大陸？」

「魔族が支配する大陸だよ。そうだな。一番の近道はアルデアに行くことだな」

「アルデア？　ってなに？」

「はあ？　そんなことも知らないのかよ……。アルデアはクロイデン王国にある小さな領だよ。セネター領から馬車で向かえばいい。アルデア領はグレド大陸と商売をしているから、ウルネアって港で商船に乗る男に金を払えばおそらく連れてってもらえる」

そんなジュナの言葉にラクアは目を輝かせた。

「ジュナさんは物知りなんだねっ!!　ありがとうっ!!」

「俺に礼を言うな」

「ど、どうして？　僕の知らないことを教えてくれたのに」

「とにかく俺には礼を言うな。ますます惨めになる……」

そんなジュナの言葉はラクアには理解できなかった。首を傾げるラクアだったが、そのとき遠くから人の叫び声が聞こえてきたので、ジュナは声のする方を見やった。

「な、何の声だ？」

「ジュナさん、あれっ!!」

ラクアが遠くを指さす。

遠くから数名の人間がこちらへと向かって駆けてくるのが見えた。

まさかこんなところに自分たち以外の人間がいるとは思っていなかった。二人してその人影を呆然《ぼうぜん》と眺めていると、彼らはジュナたちのすぐそばまでやってくる。

「お、おいっ!!　あんたらっ!!　すぐに逃げろっ!!」

それは魔法杖や剣を持った三人の男たちだった。見るからに冒険者である彼らは二人の顔を見ると青ざめた顔でそう叫ぶ。

「は、はあ？　どうしたんだよ、そんな青ざめた顔をして」

そんなジュナの質問に魔法杖を持った男は後方を指さす。

「ああ？」

「バジルカだよっ!!　バジルカが出たんだっ!!　すでに仲間が数人やられたっ!!　死にたくなきゃすぐに逃げろっ!!」

そう言って冒険者のグループはジュナたちをおいてどこかへと逃げていく。

そんな彼らを横目にジュナは男がさっき指さした方向を見やる。すると、遙《はる》か遠くから巨大な羽を羽ばたかせながらこちらに向かってくるものが目に入った。

「お、おいっ!!　ラクア、やばいぞっ!!」

そこでようやくことの重大さに気がついたジュナは慌ててラクアの肩を叩く……が。

「お、おい……ラクア？」

ジュナはラクアを見て血の気が引いた。

ラクアはバジルカを一心に見つめていた。そして、恐怖する……どころかわずかに口角を上げて不敵な笑みを浮かべていた。

まるで待ち望んでいた獲物を見つけたような、歓喜が抑えきれないような微笑である。

「ジュナさん、僕の背中から離れないでね」

ラクアはそう言うと魔法杖を手に取って立ち上がった。

「おいおい……さすがに逃げないとマズいんじゃないのか？」

「かもしれないね。だけど、ここで逃げるような人間は魔王には勝てないよ」

なんて会話をしている間にもバジルカの姿は大きくなっていき、気がつくとすぐそばまで迫っていた。

そして、バジルカはジュナたちのすぐそばまで飛んでくると、スピードを緩めて上空で羽を羽ばたかせながら停止する。

左右に軽く五メートルはありそうな巨大な体に、それよりもさらに長い尻尾。全身を固い鱗《うろこ》で覆ったその龍は猛禽類《もうきんるい》のような鋭い眼光で杖をかまえたラクアを見つめていた。

その巨大な体とは対照的に小さな前足からはカミソリのように鋭い爪が伸びており、あんなのに切り裂かれたら簡単に首が吹き飛びそうだ。

蛇に睨《にら》まれたカエル。まさにそんな状態のジュナは体が硬直して身動き一つとれそうにない。

バジルカは相変わらず羽を羽ばたかせながら大きく息を吸った。

直後、さらさらの雪が凄《すさ》まじい突風とともにバジルカの開いた口に吸い込まれていく。

息を吸いながらバジルカは長い首を後方へと向かって反らしはじめた。

なんとか足を踏ん張りながらバジルカに吸い込まれるのを堪えていたジュナだったが、

バジルカの緑色に覆われた全身が徐々に赤らんでいくことに気がついた。

熱を感じる。

燃えた薪から……ではなくバジルカの体から熱を感じる。

「おい、ラクア……マズいんじゃ……」

「ジュナさん、僕の後ろから絶対に離れないでねっ!!」

そうラクアが口にした瞬間、バジルカは体内に蓄えた空気を一気に吐き出した。

灼熱《しゃくねつ》の炎とともに。

死んだ。

ジュナはそう悟った。直後、ジュナの視界は真っ赤に染まる。

体に吹き付ける凄まじい突風と凄まじい熱。

こんな物を食らったら一瞬で消し炭である。死を悟ったジュナはそれでも吹き飛ばされぬよう必死に足を踏ん張り続けていた。

ぎゅっと瞳を閉じながら避けられそうにない死に必死に抗い続けていた彼だったが、なぜか彼の意識は途切れない。

しばらくすると風は緩やかになり、恐る恐る瞳を開いた。

見えるのは目の前に立つ少年ラクアの背中。

そして自分もまた依然としてその場に立ち続けている。

確かに今、自分はバジルカのブレスをまともに食らったはずだ。

普通だったら今頃ジュナもラクアも消し炭……どころかその炭さえもバジルカのブレスによって粉々にされて埃《ほこり》として宙を舞っていてもおかしくない。

にもかかわらず自分もラクアも確かにその場に立っている。

思わず首を傾げるジュナだが、すぐにラクアの持つ杖の先端に巨大な火の玉が浮かんでいることに気がついた。

「はあっ⁉　嘘だろ……お前、受け止めたのかっ⁉」

「や、やった……できた……」

到底自分の想像力の及ばない光景が視界に広がっていた。

どうやらラクアの方も自分の行動が信じられないようで引きつった笑みを浮かべている。

が、ラクアはすぐに真顔に戻ると、魔法杖を大きく振り上げる。

そして、

「とりゃあああああああああっ‼」

まるで投げ釣りでもするようにラクアは振り上げた魔法杖をバジルカめがけて勢いよく振り下ろした。

直後、まるでさっきのバジルカのモノマネでもするかのように、火の玉は元の火炎へと姿を変えてバジルカめがけて広角に放射されていく。

真っ赤に染まる視界と熱にジュナは思わず目を閉じた。

が、すぐに熱を感じなくなり瞳を開くと、さっきまで上空を羽ばたいていたバジルカの姿はなくなっており、代わりに雪上に横たわる黒くて巨大な炭が姿を現していた。

「か、勝った……」

そう呟《つぶや》いてその場に膝をつくラクア。

そんなラクアの背中を眺めながらジュナは、ただ呆然とその場に立ち尽くすことしかできなかった。

※　※　※

俺たちは無事バカそうなサキュバスを捕まえることに成功した。とりあえずサキュバスを椅子に縛り付けたまま交渉を始める。

「おいサキュバス。これ以上イブナ国王を誑かすのはやめろ」

椅子に縛られたサキュバスの前に立つと単刀直入に要件を伝えた……のだが。

「リーユ……」

「は？」

サキュバスはわけのわからん言葉を口にする。

「なんじゃそりゃ？」

「私の名前。私のことをサキュバスって呼ぶのは止めて」

「いやでもサキュバスなんだろ？」

「あんただって名前があるのに人間って呼ばれるのは不快でしょ？」

「まあそれはそうだな」

とりあえずこいつの言っていることは筋が通っていたので、これからはリーユと呼ぶことにする。

「じゃあリーユ、これ以上イブナ国王を誑かすのはやめろ」

ということで改めてそう要求するとリーユは「はあ？」とイライラしたように俺を睨んできた。

「どうして私があの男を誑かさなきゃなんないのよ」

「とぼけても無駄だぞ。お前がイブナ国王にリルアの夢を見させていることは裏も取れている」

「別にそれは否定しないけど、その誑かすって言い方は納得がいかないんだけど……」

「誑かしてないならなんなんだよ」

「私だってやりたくてやってるわけじゃないし……。むしろやめられるなら今すぐにでもやめたいし……」

ん？　なに言ってんだこいつは……。どうも会話がかみ合っていない気がする。

大将と先生を見てみるが、彼女たちも話が理解できていないようで首を傾げていた。

そんな俺たちにリーユは「はぁ……」とため息を吐く。

「誰が好き好んであんな出涸《でが》らしから生気を抜きたいと思うのよ……」

「出涸らし？」

「あんたあの男に会わなかったの？　あんなの人間の形をしたただの抜け殻じゃない。あんなのから生気吸っても美味《おい》しくないし……」

「いや、でもお前はそんな国王から生気を吸い続けてるんだろ？」

「吸わされ続けてるのよっ!!　誰が好き好んでそんなことするのよ……」

なるほど。なんとなく話が見えてきた。どうやら、リーユが国王から生気を吸っているというよりは、国王が強制的にリーユに生気を吸わせていると言った方が正しそうだ。

「じゃあ話が早い。これからは国王に近づくのはやめろ」

「話がわからない男は嫌い……。やめられないの。そんなことしたら口封じに殺されるかもしれないし、私がやめても他の子が被害に遭うのがわかんないの？」

と、そこでカナリア先生が「ローグさん」と口を開く。

「ローグさん、おそらくリーユさんは脅されているんじゃないですか？　もしかしたらリーユさんは被害者かもしれません」

どうやらそういうことらしい。俺としてはリーユを脅すなり買収するなりして国王から離れるよう求めるつもりだったが、そういう問題ではないようだ。

が、リーユがその気ならばこっちにも色々と作戦がある。

「おい、サキュバス」

「リーユっ!!」

「おいリーユ、もしもお前を国王から解放してやると言ったら、お前は協力するか？」

「え？　ホントっ!?」

俺の提案にリーユは瞳をキラキラさせた。

「ああ、これからお前には俺の言ったとおりに行動してもらう」

「やるっ!!　なんだってやるっ!!　だからとっとと私をあの男から解放してっ!!」

「よし、作戦をまとめてから追って連絡するから頼んだぞっ!!」

彼女はコクコクと元気よく頷いた。

それから俺たちはマナイにいるミレイネに伝書飛龍を飛ばして、必要な物資を届けてもらうことにした。

リーユがイブナから離れたいのであれば俺にだって色々と作戦がある。

が、さすがに作戦を実行するには準備をする必要があるし、リルアから許可を貰う必要がある。

作戦の全容を書き記した書類をリルアに読んでもらい、その上で必要物資を全て送ってもらうのに丸一日かかり、さらにはリーユに作戦の説明をするのにさらに半日ほどの時間を要した。

「はあ？　そんなことをして何の意味があるの？」

「いいから俺の言ったとおりにやれ」

俺の立てた作戦にリーユはわけがわからないといった感じで難色を示していたが、何度も何度も作戦を説明した結果ようやく納得してくれた。

ということであとはリーユにサキュバスとしての本領を発揮してもらうだけだ。

彼女からは最低でも一週間ほど時間がかかると言われたが、作戦を開始して五日ほどで俺のもとにネフィア老人が手紙を寄越《よこ》してきた。

手紙は、イブナ国王とリルアの姪《めい》であるルリリとの婚姻を前向きに検討したいというものだった。

よし来たっ!!

その手紙を読んだ俺は思わずその場で小躍りしたよね。

ということで、翌朝、俺は大将とともに馬車に乗り込むとイブナ国王の待つ城へと向かうことにする。

あ、ちなみにカナリア先生はホテルでお留守番である。

城へとやってくると事情を知っているネフィア老人が俺たちを出迎えてくれ、イブナ国王がまた俺の機嫌を損ねることをするかもしれないとあらかじめ謝ってきた。

が、魔法石が手に入るのであれば、そんなことはどうでもいい。

ということでネフィア老人に連れられて謁見の間へとやってきた俺たちだったのだが……。

「おいおい……」

謁見の間の玉座に座るイブナは依然として布団を被っていた。

本当に大丈夫なのか？

そんなイブナ国王の姿を見て一抹の不安を覚えた俺だったが、リーユ曰《いわ》くばっちりとのことなので信じるしかない。

「イブナ陛下、お久しぶりにございます。この度はお招きいただきありがとうございます」

とりあえず謙《へりくだ》ってそう挨拶をすると布団がぶるっと動いて中から声が聞こえてきた。

「おおっ!!　よく来たなローグ・フォン・アルデア。そなたがやってくるのを今か今かと待っておった」

ということらしい。前回の無礼な態度を見ているだけに、これでもかなりイブナの容態が改善したように見えるから不思議である。

が、まだ信用ならないので軽いジャブを打っておくことにする。

「ところで陛下、会談に際して陛下にお渡ししておきたい物がございます」

「渡したい物？」

「ええ、リルア陛下が是非ともイブナ陛下に渡して欲しいと」

「はて？　想像がつかんな」

「陛下ご自身でご確認いただくのがよろしいかと」

そう言って俺は海軍大将へと視線を向ける。すると彼女は手に持っていた風呂敷に包まれた大きな長方形の物体をネフィア老人へと手渡す。

「それはなんだ……」

そんなイブナ国王の言葉にネフィア老人が風呂敷を解いて中の物を取り出した……のだが。

「おおっ!!　おおおおおおおおっ!!」

と、風呂敷の中から出てきた物体を見てイブナ国王は思わずそんな声を漏らした。

イブナ国王の言葉に作戦が上手くいったことを確信する。

「う、美しい……」

と思わず声を漏らすイブナ国王。

さて、俺がイブナ国王へのお土産として持ってきた物とは？

それはとある絵画だった。

「素晴らしい……この世にこんなにも美しい絵画が存在するとは……」

イブナ国王が賞賛する絵画には一人の美少女が描かれていた。

それはリルアの姪ルリリ王女の絵画である。絵画の中の彼女は玉座のような立派な椅子に腰かけている。

そしてなぜかその絵画は下方からあおるような画角で描かれており、ルリリ殿下はなにやら蔑むような視線を下に向けている。

彼女は前世の男の世界でいうところのツンデレのような表情を浮かべていた。

「陛下であれば、お喜びいただけると思いました」

「わかっておるっ!!　ローグよっ!!　お主は本当によくわかっておるっ!!」

そう喜びを漏らすイブナ国王。

さて、リルアへの愛が原因で部屋に引きこもっていたイブナ国王が、今やルリリ王女に夢中である。

それはどうしてなのか？

それはこの数日間リーユが俺の言うとおりに動いてくれたからだ。

どのように動いたのか？　それはイブナ国王に見せる夢に仕掛けをすることにしたから

だ。

ルリリはリルアの幼い頃と瓜二《うりふた》つなのだという。だからリーユにはイブナの記憶の中にある幼い頃のリルアを引っ張り出して来てもらい、夢に登場させるリルアを徐々に幼くさせてもらった。

さすがにいきなり幼くさせるとイブナが違和感を持つため、ゆっくりと幼くさせていくつもりだったのだが、イブナが毎日毎日何度もリーユを呼び出すものだから思いのほか時間がかからなかったのだという。

リーユに、夢の中のリルアを徐々に幼くしていってもらい、その上であらかじめ彼女に見せておいた絵画のルリリに容姿を近づけてもらった。

その結果イブナ国王は面白いほどに幼くなっていくリルアに惹《ひ》かれていったのだという。

どうしてこうも簡単にイブナ国王が幼いリルアに惹かれていったのかは不思議だったが、リーユ曰く、イブナ国王の中で幼いときのリルアとの思い出がもっとも輝いていたからなのだという。

結果、イブナ国王はすっかりロリコン化し、幼いリルアにメロメロになったタイミングで幼いリルアは自身がリルアではなくルリリであると告白したらしい。

その結果、イブナ国王はあっさりルリリに鞍替《くらが》えした。

夢の中の幼いリルアは今となっては存在しないものである。それと比べてルリリは手を伸ばせば届く場所にいる。

　これでもうイブナ国王は夢に頼る必要はなくなった。

　作戦が見事成功したことを確信し、次のステップに進む。

「イブナ陛下、実はリルア陛下から言づてを賜っております」

　ということで俺は懐から一枚の紙を取り出した。そんな俺に国王をくるんだ布団がそわそわするようにもぞもぞと動いた。

「言づてとはなんだ？」

「レビオン王国がルリリ殿下をイブナ陛下に嫁がせる条件とのことです」

「条件？　それはなんじゃ？　はよ申せ」

　ということらしいので、さっそく条件を説明していく。

「えへん……では……。まず第一にルリリ王女は陛下にガザイの国王としてふさわしい立ち振る舞いを求めておられます」

　そう俺が口にした瞬間だった。玉座の上の布団がバサリと落ちた。

　そして、玉座の上には初めて見る金髪碧眼《へきがん》の凛々《りり》しい姿の国王が姿を現す。

　ってかめちゃくちゃイケメンじゃねえかよ……。

　突如現れた見たことのないイケメンの姿に思わず目を丸くしていると、そのイケメンは俺に視線を寄越し、爽やかな笑みを浮かべた。

「改めて名を名乗ろう。私はガザイ王国国王イブナ二世であるっ!!」

「そ、そうっすか……」

どうやらロリリ王女……じゃねえやルリリ王女への執念が彼に王としての威厳を取り戻させたようだ。

いや、本当に取り戻しているのか？

「で、他の条件は？」

と問われ、布団からイケメンに変貌を遂げた国王に愕然《がくぜん》としながらも、紙へと目を落とす。

「え、え〜と……あとは……」

ということで条件を読み上げていく。

リルア女王が国王に突きつけた条件は以下の通りである。

ルリリ王女との正式な結婚は彼女の即位を待ってから行うこと。

ルリリ王女との同棲《どうせい》は認めるが、彼女が一八歳を迎えるまでは、ルリリ王女が望まぬ限り婚前交渉は行わないこと。

ルリリ王女のことが好きなら四年ぐらい我慢できるよね？　ということである。

さすがに齢《よわい》一四歳の女の子がこんな変態にあんなことやこんなことをされては俺としてもリルアとしても罪悪感がパないからな……。

そして、最後の条件は一番大事な条件だ。

「最後に、直ちにレビオン王国への魔法石の輸出を再開すること」

何が何でも呑んでくれなければ困る。

「以上がルリリ殿下からの婚姻の条件にございます。これらのうち一つでも破られた場合は婚姻の約束は即時破棄、ルリリ殿下は二度と陛下の前に姿を現さないでしょう」

「ぐぬぬっ……」

そんな俺の条件に国王は下唇を噛《か》みしめる。

とんだロリコン野郎である……。

が、それでも愛《いと》しのルリリちゃんがお嫁さんになってくれると言ってくれているのだ。

国王に拒否権はない。

「わ、わかった……呑もう……」

ということでレビオン王国とガザイ王国は王家統一に向かって大きな一歩を踏み出した。

※　※　※

それから俺はあらかじめリルアから預かっていた契約書への署名をイブナ国王に求めた。

イブナはネフィア老人に契約条件について色々と確認していたようだが、最後にはサインを書き記し、二通のうち一通を俺に寄越してきた。

これで婚約は成立である。

魔法石の輸出も決まったし、俺としてはこれ以上ここに居座る理由もないので、城を出て、港で船に乗り込みミレイネの待つマナイへと戻ることにする。

あ、そうそう。城を出る際に俺はネフィア老人から酷く感謝された。この婚姻でイブナ国王が正気に戻るかどうかは甚だ不安ではあるが、少なくともネフィア老人はこれまでよりは良くなるのではないかと期待しているようだった。

ということで船に乗り込んだ俺たちは半日ほどかけてマナイへとやってきた。

港へと到着するころには日はすっかり傾いており、マナイ名物のサンセットを拝むことができた。

うむ……美しい。

馬車を止めてサンセットを眺めた俺たち一行は、再び馬車を走らせリルアの待つ離宮へとやってきたのだが。

「あ、ローグ、おかえり～」

リルアの待つ大広間へとやってくると、そこでは肌が小麦色に焼けたミレイネがリルアとともに迎えてくれた。

「随分と充実したバカンスを過ごしていたみたいだな……」

皮肉たっぷりにミレイネにそう言ってやったのだが、彼女は俺の皮肉など何のそのな様子で「ねえ聞いて聞いてっ!!　もう、さいっこうだったのっ!!」と目を輝かせながら俺のもとへとやってきた。

「あのね、リルアがマナイで一番高い建物に連れて行ってくれたの。そこでアイスクリームを食べながらサンセットを独り占めしたときの優越感ったらなかったわ……もう最高……」

うぜぇ……。

嬉《うれ》しそうにそう語るミレイネにウザい以外の感情を抱かなかった俺は「へいへい、そりゃよござんしたね……」と適当に返事をするとリルアへと目を向ける。

彼女は相変わらず和服のような衣装を身に纏《まと》い、肘掛けに体を預けながらなにやら微笑《ほほえ》ましそうに俺たちを眺めていた。

「ところでローグよ。そなたはミレイネを娶《めと》らぬのか？」

「ああん？　いくらリルアといえど言って良いことと悪いことの区別は付けてもらわないと困る」

そんな俺の言葉にリルアは「そ、そこまで失礼なことを言ったつもりはないのじゃが……」とやや困惑していた。

が、すぐに笑顔に戻ると「それにしてもご苦労じゃった」と俺を労《ねぎら》ってくれた。

「そなたのおかげで全てがうまくいったぞ。ルリリとイブナが結婚して子どもが生まれれば晴れてレビオン・ガザイ王国は一つの国になることができるし、魔法石の輸入に頭を悩ますこともなくなる。これで安心して女王の座を退くことができる」

まあこいつにとっちゃ笑いが止まらないだろうな。輸入の問題も後継者の問題も王国の問題も一気に解消したのだから。

「けど、本当に大丈夫なのか？」

「大丈夫なのか？　とはどういうことだ？」

「決まってんだろ。あのイブナって国王が何年もルリリ王女に手を出さず我慢できるとは思えん。そんなところに単身向かわせるのは心配じゃないのか？」

「全く心配しておらん」

その自信はどこから出てくるのだろうか？

「いくら契約を交わしているといったって、あの国王が強引にルリリ王女を手籠《てご》めにした上でその事実を隠蔽するなんてことも十分にあり得る」

あり得るなんてレベルではない。

が、そんな俺の警告にもリルアは表情を変えない。

「全く問題ない。あの男がもしもルリリに手を出したら痛い目をみることになる」

「はあ？」

と首を傾げる俺にリルアはなにやらニヤリと笑みを浮かべてそばに控えていたローブを

被った少女へと視線を向けた。

彼女はいつかビーチでリルアと遭遇したときにも控えていた少女である。

護衛の魔術師か何かだろうか？

首を傾げながら眺めていると、彼女は深く被っていたローブを脱いで俺に素顔を見せた。

「そういえば紹介していなかったな。こいつはルリリじゃ。今は私の護衛をしながら女王として必要な物を学んでおる」

「る、ルリリです……よろしくおねがいします……」

とローブを脱いだルリリ王女は俺にぺこりと頭を下げた。

そして頭を上げたところでリルアが「ルリリ、あれを見せてやれ」と言うと、彼女は「わ、わかりました」と答えて「えいっ!!」と手に持っていた魔法杖を軽く振る。

直後、アルデア、レビオンそれぞれの護衛兵が一斉にその場に倒れていびきをかき始めた。

あ、こっわ……。

確かにこれならばイブナ国王もそう易々《やすやす》とは手を出せそうにない。

ってか、ビーチのときにアルデアの衛兵たちが眠っていたのは、この王女のせいだったのかよ……。

と、今更ながらそんなことを思いつつも、ルリリの身の危険についてもまったく問題ないことを理解した。

そうなるとあとは魔法石だけである。

「約束通りガザイ王国に魔法石の輸出を再開させたぞ。アルデア中立王国に三等玉を輸出してもらう」

万全とは言えないが三等玉を手に入れることができれば、軍事の問題は大きく解消に向かうことになる。

「うむ、よかろう。この後、大臣と具体的な契約を交わすが良い」

とりあえずこれでひとまずは安心だ。と言いたいところだが、俺はあまり魔法石には詳しくない。

その三等玉とやらで、本当にクロイデン王国に大きなアドバンテージを取ることができるのだろうか？

なんて一抹の不安を抱いていた俺だったが。

「ところでローグよ」

リルアがなにやら不敵な笑みを浮かべて、俺の胸元を指さした。

「ん？　なんだよ……」

「私にそのペンダントを少し貸してくれんかの？」

「はあ？　べ、別にいいけど……」

よくわからんがリルアがそう言うので俺はペンダントを首から外すとリルアに差し出し

た。

　ペンダントを受け取ったリルアはルーペを取り出して宝石をマジマジと眺める。

「見たことのない石じゃ。この石はなんという石じゃ？」

「ケビン石っていう石だよ」

「おおっ!!　これがグレド大陸で採れるという宝石か」

　どうやらリルアはケビン石のことを知っているようだ。

　彼女の言うとおりこのケビン石はグレド大陸で採れる宝石である。これは先の戦争が終わったときに魔王から友好の印としてもらった物だ。

「奴《やつ》らの研磨の技術はいまひとつのようじゃの……」

「そうなのか？　俺にはただの綺麗《きれい》な宝石にしか見えないけれど」

「ああ、この石のポテンシャルは凄まじい。この程度の粗悪な研磨ですらここまで美しい光を放つのだから……」

　俺にはその価値はよくわからないが、とてもポテンシャルの高い石らしい。

「そなたも王族であれば、宝石の価値ぐらいは理解できるようにならんとな」

「余計なお世話だな」

　そんな俺の言葉にリルアはクスッと笑う。

　そして、しばらくケビン石をルーペで眺めてから「返すぞ」とペンダントを俺に返してきた。

「ときにローグ、このケビン石をレビオン王国に輸出させることはできんかの？」

どうやらリルアはケビン石に興味を持ったようである。

「このケビン石はとんでもない価値を生む宝石だと私は考えておる。そんな石をグレド大陸の奴らが独り占めしているのは世界にとって損失だと思わんか？　われわれレビオン王国の研磨技術を使えばこの宝石の価値を二倍にも三倍にもすることができる」

なるほど、要するにこのケビン石を輸入、加工して金儲《かねもう》けがしたいということらしい。

が、俺の返事は決まっている。

「お生憎《あいにく》だがグレド大陸の魔族たちにとってケビン石はアイデンティティとも言うべき神聖な物だ。いくら大枚を叩《はた》いても彼らはこの石を他国に売るようなことはしないと思うぞ」

「そうか……。ならばローグに交渉を頑張ってもらわんとな」

「はあ？　なに勝手なことを言ってんだよ」

「もしもケビン石の輸出を成功させれば二等玉の輸出を考えんわけでもないぞ？」

「す、凄《すご》い……」

と、唐突に口を開いたのは海軍大将だった。

「どうかしたのか？」

「二等玉はレビオン・ガザイ王国と友好的な関係を築いている極一部の国しか保有してお

りません。性能も三等玉とは比べものになりません」

「そんなに凄いのか？」

「凄いなんて物じゃないです。二等玉を小銃に装着すればクロイデン製の兵器なんておもちゃ以下です……」

　そりゃ凄い。

「それはなにがなんでも手に入れた方がいい石なのか？」

「絶対に手に入れた方が良いです。三等玉を保有している国はいくつかありますが、二等玉となるとその数は限られます。クロイデン王国どころか他の国にも一目置かれますよ……」

　ということらしい。

「どうするのじゃ？　そなたにとっても悪い話ではないじゃろ？　このケビン石がもしも流通すれば世界の宝石の価値がひっくり返るぞ？」

「……………」

　たしかにケビン石には宝石としてこの上ない価値があることは俺も理解している。

　けれどケビン石は……。

　俺は悩む。なにせ俺は魔王にとってケビン石がいかに大切な物なのか、痛いほど理解しているからである。

　当然ながら強引に輸出をさせるつもりはないが、交渉の仕方によってはグレド大陸のアルデア中立王国への信用に傷がつきかねない。

が、もしも輸出の許可を得ることができれば、アルデア中立王国にとって大きなメリットがあることもまた事実である。

もしもケビン石を売ってくれと言えば魔王はどう答えるだろうか？

俺たちのことを敵と見なすようになるだろうか？

「……………」

俺はしばらく思考を巡らせた。その上でリルアに答える。

「話だけは聞いてみる。が、あまり過度な期待はするなよ」

それが俺にできる精一杯の返答だった。

※　※　※

ゴブリン討伐をするつもりがバジルカに襲われて、さらにはそのバジルカを倒して街へと戻ってくることとなった。

自分は夢でも見ているのだろうか。街に戻ってきたジュナにはどうも現実感がない。

が、確かにこれは現実なのだ……。

「いや～ジュナさん、なんとか勝てましたね」

にもかかわらず。

「いや〜本気で死ぬかと思いましたよ。生き残れてよかったですねっ」

物事を深刻に捉えるジュナとは対照的に少年の反応は軽すぎる。

まるで危うく転んで足を擦りむくところだったぐらいの軽さでバジルカとの戦闘を振り返るラクアに、ジュナは恐ろしさを感じた。

ジュナは恥ずかしくなる。

少しでもこの少年と自分を重ねて、自分もかつては冒険者を目指していたことを懐かしんでいた自分が恥ずかしくなる。

根本的に自分とラクアでは違うのだ。

努力だとか根性論では一生追いつけっこない特別な物をこの少年は持っている。

「あ、やっと着きました」

と、そこでラクアはとある建物の前で足を止めた。その建物には『セネター中央冒険者ギルド』と書かれている。

「信じてもらえますかね？」

「わからないけど、何にせよ聞いてみないと始まらないだろ？」

「それもそうですね」

そう言ってラクアはジュナに屈託のない笑みを向けるとギルドの中に入っていった。その手にはバジルカの死骸の一部が入った布袋が握られている。

ということでジュナとラクアは冒険者ギルドへとやってきた……のだが。

「ああ？　バジルカを倒した？　お前がか？　バカも休み休み言え」

ジュナが予想していたとおり、こんな小さな少年がバジルカを倒したと言って信じるほどギルドの人間はバカではなかった。

背伸びをして布袋をカウンターに置いて、ギルドの受付の男に訴えるラクアだが、男は小指で耳をほじりながら鬱陶しそうな顔をしている。

なかなかに酷い対応の男だが、ジュナもあの光景を自分の目で見ていなかったらこの男と同じような反応をしただろう。

「ほ、ホントだよっ!!　僕倒したもんっ!!　魔法杖をこうやってぶんって振ってバジルカを焼き殺したんだよっ!!」

ラクアの方はどうして男が自分の言葉を信用してくれないのか理解できないようで、身振り手振りで必死にアピールをしているが、男はそんなラクアを冷めた目で眺めるだけだ。

が、男は不意にラクアからジュナに視線を向ける。

「あんたこいつの親か？　冒険者ギルドはガキの面倒を見る場所じゃねえんだぞ。とっととこのガキを連れて帰ってくれねえか？」

男の言葉はもっともだ。が、この目でラクアの戦いを目の当たりにした今のジュナには男の言葉が気にくわない。

　ということで男のもとへと歩み寄るとジュナはカウンターを手のひらでバンと叩く。

「なめてんじゃねえぞこのど素人がっ!!　そんな適当な仕事でギルドの受付が務まるとでも思ってんのかっ!?　せめて亡骸《なきがら》を確認したらどうだ？　ああん？」

　長年アウトローの世界に浸かってきたジュナがドスの利いた声で叫ぶと、男は面食らったように目を見開き、ラクアは怖がるように両手で耳を塞ぐ。

　男はこれ以上ジュナの機嫌を逆撫《さかな》でしない方がいいと判断したようで、納得がいっていない顔をしつつも布袋を開いた……のだが。

「げほっ!!　げほっ!!」

　男が袋を開いた瞬間、バジルカの灰がわずかに舞う。その灰にむせた男は必死に手で灰を払いながら中を覗《のぞ》き込《こ》む。

　そして、中から骨のような物を取り出してマジマジと観察した。

「牙……みてえだな……」

　男が手にしたのはバジルカの牙だった。それを訝しげにまじまじと観察する男だったが不意に鼻で笑う。

「確かにバジルカの牙に見えなくもないが、魔物の骨を加工すればこんな物いくらでも作れる。さすがにこれをバジルカの亡骸だと主張するのは無理があるんじゃねえか？」

「んだと？　ごるああっ!!」

男に睨みをきかせるジュナだが、男はさっきのようには動揺しなかった。

「恐喝しても無駄だ。あんまりしつこいと保安官を呼ぶぞ？　嫌ならこの灰を持ってとっとと帰りなっ!!」

男は布袋に牙を戻すと、袋をジュナに突き返す。

残念ながら信じてもらえないようである。

が、生きた伝説をインチキ扱いされたジュナの腹の虫は治まらない。

「保安官？　上等だっ!!　保安官でも国王でも誰でも連れてきやがれっ!!」

いや、保安官を呼ばれるのはアウトローを生きるジュナにとっては少しマズい。

そう思わなくもなかったが、今更引っ込みが付かない。

やや保安官にびびりつつも男と睨めっこをしていると「お、おいっ!!　ちょっと待てっ!!」と背後から声が聞こえた。

その声にジュナと男は同時に入り口を見やる。

「あ、さっきのお兄さんたちだ」

そう口にしたのはラクアだった。

そう言われてみるとジュナも入り口付近に立つ男たちに見覚えがあった。彼らはバジルカの出没をジュナたちに教えてくれた冒険者たちである。

彼らはなにやら青ざめたような顔でカウンターまでやってくると、受付の男を見やった。

「お、俺にも見せてくれ」

リーダー？　らしき無精髭《ぶしょうひげ》の若い男は受付の男にそう言うと、許可を待つまもなく布袋を開いて中をまさぐり始めた。

そして、袋の中から牙を一本取り出すと青ざめた顔をさらに青くする。

「嘘……だろ……」

「グエナさん……どうしたんだい？」

男の反応に受付の男が首を傾げる。どうやらこの冒険者はグエナという名前らしい。

「間違いない……俺が付けた傷だ」

「は、はい？」

「バジルカに唯一与えたダメージだよっ!!　ちょっと待ってろ」

そう言うとグエナは慌てた様子で自身の剣を抜くと、手に持った牙へとあてがう。

牙にはわずかに剣の痕が残されていた。そして、男の剣とその傷痕はぴったりと合う。

そこでようやく受付の男は事態の深刻さを理解して顔を青ざめさせる。

「おいおい……本当にこの子が殺ったのか？」

「間違いねえ。これはバジルカの亡骸だ。そもそもあの状況で今もこの子が生きていることがその証左だ」

「う、嘘だろ……」

こうしてラクアの発言が嘘ではないことが証明された。


大変なのはそれからだった。

晴れてラクアがバジルカを討伐したことが周知されたのはよかったのだが、ラクアはまだまだ駆け出しのGランク冒険者である。そしてジュナもEランク冒険者である。

が、バジルカの討伐はS級クエストなのだ。

これは致命的な問題である。なにせラクアにもジュナにもバジルカ討伐のクエストを受ける資格はないのだから。

資格がないということは報酬が受け取れないということである。

もちろん冒険者ギルドに登録をしていようといまいとバジルカを討伐することは罪には問われないし、長年セネター領の住民を悩ませていた凶暴な飛龍を討伐したとなると感謝もされるだろう。

が、大切なのは報酬である。

なにせラクアは報酬を手に入れるためにあの寒い渓谷まで足を運んだのだ。いくら住民たちから感謝されようと報酬が受け取れなければ納得がいかない。

「どうしよう……」

そのことを知ったラクアは困惑したようにジュナを見つめるが、ジュナとしてもどうしようもない。

いくら何でも不憫《ふびん》すぎる。悲しげな視線を向けてくるラクアに頭を悩ませていたジュナだったが、そこでふとグエナが「そ、そうだ」と口を開く。

「おいラクア、そのバジルカ討伐を俺がやったことにしてくれないか？」

そんなことをグエナが口にするものだからジュナの頭に血が上る。

「ああ？　もしかしてお前、手柄を横取りするつもりか？」

「いや、違う。たしかに俺の言葉はそう聞こえなくもないが、ラクアに報酬を受けさせるためにはこのやり方しかない」

ということらしい。

「俺は今ここにいる唯一のＳ級冒険者だ。もしも俺がバジルカを殺ったということにすれば報酬を受け取ることができる。それでその金をラクアに渡せば全て解決するじゃねえか」

「…………」

確かにグエナの言葉には一理あった。

が、ジュナには伝説の飛龍であるバジルカを討ち取った手柄をこの男に横取りされるのが癪《しゃく》に障る。

「お兄さんの言うとおりにすれば報酬は受け取れるの？」

「おいラクア、それでいいのか？」

「僕は報酬が受け取れればそれでいいよ？」

どうやらラクアは手柄にこだわりはないようだ。ジュナとしては納得がいかないが、ラクアがそれでいいというのであればジュナが口を挟む筋合いはない。

ということで報酬をどうするかという問題はグエナの提案によってあっさり解決することとなった。

それからギルドの受付の男はセネター領の役場へと向かい、目がくらむほどの報酬を持ってギルドに戻ってきた。そして、ラクアはグエナの約束通りその報酬を受け取ってギルドを後にすることにした。

「わ〜いっ!!　お金がいっぱいっ!!」

と、ホクホク顔で雪に覆われたセネター領の大通りを歩くラクア。

「凄いじゃねえかラクアっ!!　これだけあれば一生遊んで暮らせるぞっ!!　羨ましいぜ」

そんなラクアの顔を見ているとジュナまで嬉しくなるから不思議である。

思わず頬が綻ぶのを抑えながらラクアの隣を歩いていると、ふとラクアが足を止める。

「ねえジュナさん、グレド大陸に行くにはどれぐらいのお金が必要かな？」

「これだけあれば何往復だってできるさ」

「僕は一往復で十分だよ。ねえ？　どれぐらいのお金がいるの？」

そう言って大金の入った巾着袋をジュナに差し出すラクア。巾着袋を受け取ったジュナは袋から大金貨を一〇枚取り出すとラクアに見せた。

「まあかなり多めに見積もってもこれぐらいあれば十分だ。必要なのはウルネアへの馬車代とウルネアの商船の船乗りに渡す賄賂だけだな。大金貨を五枚も渡せばやつらは喜んでお前をグレド大陸に連れてってくれるはずだ」

「じゃあ、こんなに必要ないね……」

「お金なんてもんはいくらあってもいいんだよ。俺みたいな奴に盗まれないように肌身離さず持っておくんだぞ？」

そう言ってラクアの頭をわしわしと撫でてやるとラクアは布袋から大金貨を一〇枚取り出して懐に入れ、残った布袋をジュナに差し出した。

「じゃあ残りはジュナさんにあげるよ」

「は、はあっ⁉」

そんなことを突然言い出すものだからジュナは目を見開く。

「おいおいバカ言うな。お前が命を張って稼いだ金だぞ？　変なこと言うんじゃねえ」

ジュナは外道な人間である。これまで汚い金を手にするために何度も悪いことに手を染めてきた人間だ。

これまでのジュナだったら大金を持った少年を見つけたら間違いなく奪い取っただろう。

　が、ラクアと出会って自分の汚さ、愚かさ、未熟さを見つめ直すことができた今のジュナには、この喉から手が出るほどの金を受け取ることなんて到底できるはずがない。

　が、ラクアはそんなジュナの心境も理解せずに相変わらず布袋を差し出してくる。

「僕に必要なのはグレド大陸に行くお金だから」

「いや、でも……」

「それにグレド大陸で魔王にやられたら、この大金は奪われちゃうよ？」

「縁起でもないこと口にしてんじゃねえ」

「そうだね。じゃあこう言い直すよ。もしも魔王を倒すことができたら国王はもっとたくさんのお金を僕にくれると思う。だから、どっちにしろこのお金は僕には不必要だよ」

　確かにラクアが魔王を倒しでもすれば、国王は有頂天になってラクアにどんな褒美でも渡すだろう。そうなればこの大金などその端数にもならない。

　が、そのことはジュナがこの金を受け取って良い理由にはならないのだ。

「おいラクア。お前は俺のことを良く思ってくれているのかもしれねえけど、俺はお前が思うほど善人じゃねえ。いや、それどころか悪人とすら呼べないほどの薄汚いチンピラだ。そんな俺がお前の金を受け取っていいはずがないだろ？」

「そんなことないよ。僕はジュナさんを悪い人だとは思わないよ。だって僕が報酬を受け取れるようにあんなに必死で怒ってくれたよね？」

「それはその……気の迷いだ。そもそも俺はお前にギルドの登録をさせてやるって嘘を吐いて、お前をマフィアに売り飛ばそうとしたんだぞ？」

「え？　そうなの？」

と、そこでラクアは鋭い視線をジュナに向けた。

もしかしたら言ってはいけないことを口にしたかもしれない。ジュナは一瞬肝を冷やしたが、すぐにラクアは表情を緩める。

「もしかしたらジュナさんは、僕が許すことのできないことをしてきたのかもしれない。だけど、少なくとも僕はジュナさんに親切にしてもらったよ」

「だから俺はお前を――」

「だったらいい人になってよ」

「はあ？」

「このお金でジュナさんにはいい人になってほしい。きっとジュナさんは優しい人だと思うし、僕は優しいジュナさんを見ていたい。もしもこのお金でジュナさんがいい人として生きて行くことができるなら僕は喜んでこのお金をあげるよ？」

「…………」

そんなラクアの言葉にジュナはなにも答えることができなかった。

どこまでこの少年は眩しいんだ。ラクアの眩しさが辺り一面に降り積もった雪に反射してジュナは目を開くことができない。

ラクアという存在を知れば知るほど、ジュナは自分が冒険者として成功できなかった理由を心から理解できる。

冒険者とは、勇者とはラクアのような人間のために存在する言葉である。

自分は一生冒険者になんてなれない。

が、ラクアはジュナにこう言った。

いい人になれと。

ジュナは思う。英雄にはなれないかもしれないけれど、いい人にならもしかしたら自分にだってなれるかもしれないと。

「本当に良いのか？　ラクア……こんな汚い人間にほどこしをしたって、ろくなことになんねえぞ？」

「ジュナさんなら大丈夫だよ……きっと」

ジュナは思わずその場で膝を突く。そして、冷たい雪に手を突くとこみ上げてくる物を抑えきれなくなった。

ぽたぽたと雪を濡《ぬ》らすしずくを眺めながらジュナは思った。

いい人になろうと。次にラクアに会ったときには胸を張ることができるような人間になろうと。

第四章

成功の中に入る亀裂

ウルネアから伝書飛龍が戻ってきたのはマナイを立つ前夜のことだった。

「あぁ〜気持ちよかった〜整った〜」

マナイの離宮に泊まることになった俺は、リルアがくれた浴衣？　のような衣服を身に纏《まと》いながら敷き布団の上で胡座《あぐら》をかく。

最高だった……最高のひとときだった。

ぽかぽか温まった体と、そこから立つ湯気を眺めながら俺はこの一時間の素晴らしいひとときを回想する。

実は俺、ローグ・フォン・アルデアはさっきまで風呂に入っていた。

いや、風呂なんて言い方はマナイに失礼だな。正確に言えば離宮の裏に設置された温泉で汗を流していたのだが、この温泉がとても素晴らしかった。

この離宮は海の上にせり出すように立っているのだが、陸地部分は高い崖に面している。

その崖からはそれはもう立派な滝が流れており、前世の男が昔見た神戸にある布引の滝を思い出す。

その滝を眺めるだけでも十分に心が清らかになるのだが、その滝壺《たきつぼ》付近には掛け流しの温泉が設けられており、俺はそこで滝を眺めながら湯に浸《つ》かった。

いや〜絶景でした。この滝単体でも十分に観光資源になりそうだが、そんな滝を誰にも邪魔されることなく拝むことができて、さらには湯にまで浸かれるなんて……。

が、この温泉の凄《すご》いところはそこだけではない。

なんと温泉の近くには小さな木造の小屋が設置されており、中に入るとストーブのような物が置かれていた。

サウナである。

そこで汗を流して、体が火照ってきたらそのまま滝壺にダイブ。またサウナに戻って体を火照らせて、これまた滝壺にダイブ。

そして最後は再び温泉で体の汚れを洗い落とす。

天国か？　ここは天国なのか？

一時間ほどかけてすっかり体が整ったところで風呂から上がり、浴衣に袖を通してふかふかの布団の上でくつろぐ。

これ以上に幸せな気分になれるものを他に知らない。

「あぁ〜ぬくぬく〜」

今だけは不安なことを全て忘れることができそうだ。

なんて夢心地になっていた俺だったが、不意に襖《ふすま》を誰かがノックしたので襖の方へと顔を向けると「失礼しますっ‼」と元気の良い声とともにグラウス海軍大将が姿を現した。

「ん？　どうした？　お前も、明日は早いんだからレビオン王国の兵士に警備は任せて早く休め」

「お気遣いありがとうございます。ですが、その前にお渡ししなければならない物がございます」

「渡したい物？」

首を傾《かし》げていると、大将は部屋に入ってきて俺になにやら手紙のような物を差し出してきた。

「これは？」

「伝書飛龍が戻ってきました。フリードさんからのお手紙のようです」

そんな大将の言葉で思い出す。そういえば、フリードにラクアの動向を探れと命じていたことを。どうやらその返事が届いたようだ。

ということでさっそく手紙を開いて中身を確認することにした……のだが。

「…………」

手紙を読み進めていくうちに、せっかく整った俺の体から急速に血の気が引いていくこ

「ろ、ローグさま？　いかがなさいましたか？」

とに気がついた。

「…………………」

暢気《のんき》に首を傾げる大将に返事ができない。

その手紙に書かれている内容は、俺を絶望の淵《ふち》に突き落とした。

おいおい……嘘《うそ》だろ……。

どうやら俺からの手紙を受け取ったフリードはすぐにシャリン村に密偵を派遣したらしい。が、シャリン村にラクアの姿はなく、村人の話によると数週間前から行方がわからなくなっているそうだ。

村人曰《いわ》く最近では危険な魔物の出る山にラクアが一人で入っていく姿が目撃されており、信じたくはないが魔物に襲われたのではないかとのことである。

家族はラクアの身を案じて憔悴《しょうすい》しきっているようだ。

少年が一人で危険な山に入って行方不明になる。普通に考えれば村人が推測するように魔物に襲われた可能性が最も高いだろう。

が、俺にはそんな下らない理由でラクアが死ぬなんて到底思えなかった。

なにせラクアは天才である。ゲーム内でたった一年間経験値を積んだだけで魔王を倒すレベルまで強くなる神童である。

そんなラクアが魔物に殺されるとは考えづらい。

そもそも今はまだゲームが始まっていない時代なのだ。ゲーム開始前に主人公が死ぬなんてことはありえない。

だとしたらラクアはどこに行った？

そんなローグの疑問に答えるように手紙には備考が書かれていた。

なんでもシャリン村でラクアが行方不明になったことを知った密偵が、カザリアで聞き込みを行ったところ、ラクアと特徴のよく似た少年が男と二人でセネター領へと向かう馬車に乗り込んだという情報を手に入れたらしい。

その後、急いでセネター領へと向かった密偵は、そこでとんでもない話を耳にしたのだという。

ラクアと特徴のよく似た少年がセネター領でバジルカを討伐したらしい。

バジルカとはイブナ国王に渡そうとして突き返されたあの木像のモデルとなっている伝説の飛龍である。

手紙にはラクアがたった一人でバジルカを討伐したと書かれていた。

その下に真偽不明だとは書かれているが、俺にはそれが偽だとは思えない。

ラクアならばやりかねない。

手紙を閉じた。

そして破滅フラグの最大の元凶である少年のことを思い、確信する。

間違いない。ラクアは魔王を恨んでいる。

そうでない理由を適当にでっち上げて自分を安心させることは簡単だ。

こんな根も葉もない噂《うわさ》を信じる必要はないし、ラクアは山で魔物に襲われた、で片付けて安心することもできる。

けれども違う。あのラクアという少年は違う。

なぜならラクアは主人公だからである。

主人公という存在はそんな下らない理由で死なないのである。

主人公という存在は伝説を作るものなのである。

だから俺はこの手紙に書かれていることを信じざるを得なかった。

「おい、グラウス海軍大将っ」

確かにラクアが主人公であることに疑いの余地はない。が、俺はローグ・フォン・アルデアである以上、運命の流れに身を委ねているわけにはいかない。

興奮気味の俺の声に大将は「ローグ……さま？」とやや動揺したように首を傾げた。

「これから俺の言うことを手紙にしたためて、すぐにでも伝書飛龍をウルネアに飛ばせ。今すぐにだ。わかったな？」

「は、はいっ!!　わかりましたっ!!」

事情を理解していない大将だが俺の本気は理解してくれたようで、懐からメモを取り出すと俺の口にしたことを一生懸命メモし始めた。

※　※　※

アルデア中立王国ウルネア。

ここはアルデア中立王国の王都であり、王国最大の貿易都市でもある。

ウルネアの港には何隻もの商船が停泊しており、船乗りたちが汗水垂らしながら、大小いくつもの貨物を船に積み込んだり、逆に船から降ろしたりする姿を見ることができる。

そして沖にはこれまた何隻もの商船が列をなして浮かんでおり、埠頭《ふとう》に空きが出るのを今か今かと待っていた。

「凄い数の船……」

そんなウルネア港の埠頭に立ちながら往来する商船を興味深げに眺める少年。

ラクアである。

ついにラクアはここまでやってきた。

長いようで短かった、短いようで長かった旅ももう少しで終わる。

セネター領でバジルカ討伐を成功させたラクアはその報酬を使ってここまでやってきた。

具体的にはジュナとともに馬車の停留所へと向かい、そこでジュナと別れてウルネア行きの馬車に乗り込んだ。

どうやらジュナはカザリアで悪い人々に借金を返してからふるさとへと帰るそうである。

ラクアとしてはジュナと別れるのはちょっぴり心細かったが、ふるさとの家族のもとに戻るという人間を引き留める気にはなれなかった。

結局、一人で馬車に乗ったラクアは約三日ほどかけてこのウルネアへとたどり着いた。

ジュナが事前に教えてくれていたとおり、このウルネアにはグレド大陸へと向かう商船が何隻も停泊しており、ラクアはその一つに声をかけてグレド大陸へと運んでもらうことになった。

あまり金銭感覚のないラクアは大金貨を五枚ほど船長の男に支払うと、男は血相を変えて「運ぶっ!!　運んでやるよっ!!　死んでもお前をグレド大陸に運んでやるっ!!」とラクアに熱い抱擁をしてきた。

どうやらこの街の人たちはとても親切なようである。

どこの街だろうと大金貨五枚も渡せば、たいていの人は親切にしてくれるのだが、ラクアにはそんなことはわからないので勘違いをしたままである。

ということで、とにもかくにもラクアはグレド大陸への足を手に入れることができた。

あとは来るべき魔王との決戦に備えるだけである。

「パパ……必ずやるからね……。必ず魔王を倒してパパの仇《かたき》をとるからね」

ラクアが水平線の遙《はる》か向こうで今日ものうのうと生きる魔王を想像しながらそんなことを小さな胸に決意していると、船の方から船長である男がラクアのもとへと歩み寄ってくる。

「おい坊主っ!!　出航の準備が終わった。船に乗せてやるから俺についてこい」

いよいよ出発のときである。

ラクアは「よろしくお願いします」と深々と頭を下げると船長に連れられて船へと歩いていくことにした。

ラクアは船長に連れられて埠頭のタラップを上って無事乗船に成功した。

操舵室《そうだしつ》へとやってきたラクアは船長に小さな椅子に座るよう言われ腰を下ろすと、グラスに入ったジュースを渡される。

「もうまもなく出航するから、そこでジュースでも飲んで待ってな」

ということらしいので、ラクアは「ありがとうっ!!」とお礼を言うとストローをチューチューする。

なんだかよくわからないが甘酸っぱくて美味《おい》しいジュースを飲みながら船が動き始めるのを待っていたのだが、結局ジュースを飲み干すまで船は出航しなかった。

それどころか。

「おい船長っ!!　大変だっ!!」

なにやら船員の一人が操舵室へと駆け込んできてそう叫んだ。

「ああ？　なんだ？　まだ出航の許可は下りねえのか？」

「それどころじゃねえ。これから埠頭に泊まっている船にアルデア軍が乗り込んで、検査をするらしい」

「はあっ⁉　検査っ⁉　なんでだよ」

「それが……」

と、そこで船員がラクアへと視線を向けた。そんな船員にラクアは首を傾げる。

「それが……アルデア軍は子どもを探しているらしい……」

「は、はあっ⁉」

船長は目を丸くすると慌ててラクアに駆け寄る。

「お、おい坊主っ!!　お前、アルデア軍に追われるようなことでもしたのか？」

なんて尋ねられるがラクアに当然ながら心当たりがあるはずもなく。

「僕、なにもやってないよっ!!」

と、答えるほかない。

なんだかよくわからないが、幼いラクアでもよろしくないことが起こったことは理解できた。

「おい船長、坊主をアルデア軍に突き出さないと俺たちもマズいんじゃないのか？」

なんて焦る船員だったが、そんな船員に船長は「馬鹿野郎っ!!」と叫ぶ。

「俺は金を受け取ったときに、こいつに死んでもグレド大陸に連れて行くって約束したんだっ!!」

「でもさすがにアルデア軍を敵に回すのは」

「だいたいグレド大陸に向かう貨物船に客を乗せるのは違法なんだ。坊主を突き出したところでそのことを追及されたらお終《しま》いだ」

「でもよ」

「でももクソもねえ。男に二言はねえんだ。死ぬ気で坊主を隠し通すしかない。俺のやり方が気に入らねえなら船から下りろ。それが嫌なら俺の言うことを聞け」

そう言うと船長はラクアの手を摑《つか》んで歩き出した。

「ど、どこに行くの？」

困惑するラクアに船長は笑みを浮かべる。

「貨物室に行く。アルデア軍の連中だってさすがに貨物を全部開いて中を確認するわけじゃねえ」

ということらしい。今のラクアには船長を信用する以外に方法はないのだ。ラクアは船長の言葉を信じて操舵室の後方の扉から貨物室へと入った。

貨物室には天井に届きそうなほどの無数の木製コンテナが積まれており、船長に手を引かれたまま貨物の合間を縫って奥へと進んでいく。

一番奥までやってくると船長に抱っこされ空きコンテナの中に詰め込まれた。

「坊主、捕まりたくなきゃこの中で物音を立てずにじっとしていろよ？　わかったな？」

そう言って船長はコンテナの蓋を閉める。

ラクアとしてもこんなところでアルデア軍に捕まってしまうわけにはいかない。それに自分が捕まれば船長たちにも迷惑がかかることは幼いラクアにも理解できる。

だから魔法杖《まほうじょう》をぎゅっと抱きしめたままラクアは必死に息を殺す。

と、そこでバタンとドアの開く音とともにドタドタと何人かの足音が貨物室に響いた。

「い、いきなりなんだ？」

「事情は船員から聞いただろ？　ガキを探しているんだ。悪いが、ここにある貨物を全て調べさせてもらう」

そう言うと同時になにやらドンドンと鉄のような物で何かを叩《たた》くような音が響いた。

「お、おいちょっと待てっ!!　これは売り物だぞ？　手荒に扱われたら困る」

「うるさいっ!!　これは勅令だ。それに箱に少し穴を開けて中を覗《のぞ》くだけだ。疑われたくなきゃそこで大人しく立ってろっ!!」

船長はアルデア軍は貨物を全部開けるわけじゃないと言っていたが、どうやら予想が外れたようだ。

アルデア軍は工具かなにかで貨物に穴を開けて中の物を調べるつもりのようである。

現にドンドンと工具で箱に穴を開ける音と、中を覗いたのか「異常なしっ!!」という声が貨物室に響いている。

初めは遠くから聞こえていたそんな音は徐々にラクアのいるコンテナの方へと近づいてきた。

このままだとマズいが、なにもできない。ただただバレないようにじっと息を殺すことしかできない。

が、一つ、また一つと検査の音がラクアのコンテナへと近づいてくるのがわかった。

そんな中ラクアは思う。

このままじっとしていていいのだろうか？

——もしも……もしもバレちゃったら、魔術を使ってでもここから逃げ出さなきゃ。

そう覚悟を決めつつ魔法杖をぎゅっと握り締めていると「異常なしっ!!」とすぐそばでアルデア軍の声が聞こえた。

おそらく次はラクアの入っている貨物だ。

——どうしようどうしようどうしようどうしようっ!!

ラクアは魔法杖に魔力を込めながらじっとその時を待った……のだが。

「隊長っ!!」

と、そこで貨物室にそんな声が響き渡った。

「なんだっ!!」

「隣の船で三番保安隊が子どもを見つけたそうですっ!!」

「それは本当かっ!!」

「ええ、どうやら商船に忍び込んで貨物を盗もうとしたそうですっ!!」

「捕まえたのか?」

「それが市街地の方に逃げていったそうで応援が欲しいそうですっ!!」

「ったく、これだから三番保安隊の愚図《ぐず》は……。わかった、すぐに応援に行くっ!!」

直後、ラクアの貨物から遠ざかるように軍人たちが駆けていく音が聞こえた。

「お、おいっ!! 軍人さんたち、ちょっと待て」

「なんだっ!!」

「船に異常はなかっただろ? そろそろ出航の許可を出してくれ」

「ああ? わかったよっ!! さっさと出航しろっ!!」

そう言ってアルデア軍人たちが貨物室から出て行く音が響き渡った。

それと同時に「はぁ……命拾いしたぜ……」と船長の声が耳に入りラクアはようやくほっと胸を撫《な》で下《お》ろした。

どうやら命拾いしたようである。

※　※　※

俺たちは翌朝、港を出発した。

本来ならばこのままアルデア中立王国に戻るはずだったのだが、船はアルデアではなくグレド大陸へと向かっていた。

当然ながら理由は魔王に直談判《じかだんぱん》するためである。

ここまでは全て俺の思い描いたとおりにことが進んでいる。ウルネア観光地化計画だって順調だし、レビオン・ガザイ王国ではお目当ての魔法石だって手に入れた。

全ては順調だ。はっきり言ってこれ以上なにを求めるのだと思いたくなるほどに順調だ。

が、なにか不安だ。

俺は本来この手の感情は無視することにしている。

なぜかだって？

そりゃ不安なんて感情はその人間の弱さが作り出す幻想だからである。

不安は外からやってくるものではない。同じような環境や状況を体験した人間でも不安を覚える人間もいればそうでない人間もいる。

結局は心の持ちようなのである。心を強くしていれば不安なんて抱くことはないし、そのような感情は甘えである。

それが俺の信条だった。

が、不覚にも今の俺は不安を抱いている。

その理由は、俺自身が手を出さないと心に誓っていたケビン石の輸入を魔王に直談判しなければならなくなったことにある。

グレド大陸の民にとってケビン石は美しい宝石以上の価値を持っている。彼らにとっては一種の神のような存在でありアイデンティティでもあるのだ。

たとえ巨万の富が手に入るとしても、ケビン石を輸出することは彼らにとっては魂を売るようなことにならないか？

そんなことを提案しても大丈夫なのだろうか？

なんて現時点では到底答えの出ない問答が頭の中をぐるぐると回って俺の思考を鈍らせる。

そして、俺の思考を鈍らせる原因はもう一つある。

ラクアのことである。

結局、海軍大将に書かせた手紙にはこれが勅令であることを示す判子を押しておいた。

俺がフリードに命じたこと。それはアルデア軍を派遣してウルネア港に停泊する全ての商船を徹底的に調べさせ、〝怪しい少年〟を捕まえろというものだった。

おそらくフリードには俺の命令の意図が理解できないだろうが、勅令を出したのだから躊躇《ちゅうちょ》したり拒否したりすることはないはずだ。

当然ながらその理由はラクアを捕まえるためだ。

ラクアはいつか必ずグレド大陸に渡って魔王に復讐《ふくしゅう》しようとする。

それを止めることは破滅フラグを回避するうえでマストである。

今のラクアの強さを俺は知らないし、アルデア軍に止められるのかどうかもわからないが、ラクアを発見することができれば魔王にそのことを知らせることができる。

現状、グレド大陸と交易を行っているのはアルデア中立王国だけ。

少なくとも俺の知る限り、アルデア中立王国と関係のない船がグレド大陸と行き来しているなんて話は聞いたことがない。

だからウルネア港の商船を徹底的に調べ上げれば必ずラクアの消息を掴むことができるはずだ。

そう確信して勅令を出した……のに。

不安の二文字が俺の頭から離れてくれない。

あぁ俺らしくない。どう考えても俺らしくないし、こういう無駄な思考は良くないよな。

こういう意味のないことに思考のリソースを取られることは大嫌いだ。

そうだ。そうだよ。やめよう。下らないことを考えるのはやめよう。

そう思った俺は船上では極力そのことを考えないようにして魔術の鍛錬に勤《いそ》しむことにした。

こういうときは全く別のことを考えるのが一番である。ということでカナリア先生に教わりながら石化と石化解除を極めるべく鍛錬を続けていた俺だったのだが……。

「ローグさん、少し精霊さんの動きに乱れがあります……。魔術を使用するときは集中しないと精度が落ちますよ？」

「え？　あ、すみません……」

「なにか心配なことでもあるんですか？　心の乱れは精霊さんの乱れです。私にできることがあればなんでもおっしゃってください」

カナリア先生は魔法杖を甲板に置くと、なにやら心配そうに俺のもとへと歩み寄ってきて頭を撫でてくれた。

カナリア先生優しい……。

そのカナリア先生の素晴らしい人格に感動を覚えたが、同時にカナリア先生に相談できるような話でもないため困ってしまう。

その後もカナリア先生は「よしよし」と頭を撫でてくれたが、結局、具体的な話はなにもせずに鍛錬は終わり自室へと引きこもることとなった。

が、部屋に戻ったからと言って俺の不安が払拭されるわけではない。

あぁ……俺も心が弱くなったものだ……。

自分の心の弱さに嫌気が差しながら机に座って頬杖《ほおづえ》をついていると、誰かが部屋のドアをノックした。

「誰だ？」

そう尋ねるとドアの向こうから「はわわっ……」と声が聞こえてくる。

海軍大将のようだ。

なんだなんだ？　また海龍でも出てきたのか？　なんて一抹の不安を覚えながらも「入れ」と叫ぶと、ゆっくりとドアが開いてなにやらそわそわした様子の大将が入ってきた。

大将はそわそわしたまま俺のもとへと歩み寄ってくると、なにやらおどおどした様子でチラチラと視線を送ってくる。

「今度はなにをやらかしたんだ？」

この挙動は完全に俺に怒られるのを恐れている。

そう思って尋ねたのだが、彼女は驚いたように目を見開くと「え？　わ、私、またなにかやったんですか？」と尋ねてくる。

「ん？　やらかしたんじゃないのか？」

「い、いいえ、今のところ船は順調にグレド大陸に向かっています。早ければ明日にもグレド大陸に到着できるかと」

ならまた褒めてもらいに来たのか？

いつもならば俺は必死に褒めることに抵抗するところだが、生憎《あいにく》なことに今の俺には抵抗する元気はない。

「グラウス海軍大将、ご苦労だったな」

と労《ねぎら》ってやると彼女は少し驚いたようにまた目を見開く。

どうやらこうもあっさり褒められると思っていなかったようだ。

「で、用はそれだけか？」

できればしばらく一人にしてもらいたい。無駄に周りを心配させるのは俺の本意ではないからな。

が、そんな俺の質問に海軍大将はなにも答えず、かといって部屋から出て行く様子もなく、その場でそわそわしている。

「な、なんだよ……」

「あ、あの……ローグさまにお渡ししたい物があるのですが……」

「はあ？　俺に渡したい物？」

なんじゃそりゃ……。ぽかんと口を開けて首を傾げていると、海軍大将はなにやらポケットをまさぐり始めて「あ、あった」と異様な物体を取り出して机の上に置いた。

「な、なんだよこれ……」

その物体はなにやらねちょねちょとした一辺一〇センチほどの正三角形だった。

いや、なんだよ……。

困惑する俺に海軍大将はそわそわしながら口を開く。

「み、見てください。変な形のヒトデです」

「………」

俺はいったいなんて答えれば良いのだろうか……。

「マナイのビーチで遊んだときに拾いました。変な形だったので拾いました」

「そ、そっか……」

「本当はウルネアの子どもたちに見せてあげるつもりだったのですが、これはローグさまに差し上げます」

いや、ウルネアの子どもたちもいきなりこんな物を見せられても反応に困りそうだけど……。

「へんてこな形ですね」

「へんてこな形だな」

いや、こいつは俺になにを求めているんだ？

まったく大将の意図が理解できず困惑していると、大将は俺の顔を覗き込んできた。

いや、待て……。

「おい大将」

「な、なんですか？」

「もしかしてお前は俺のことを元気づけようとしているのか？」

そんな質問に海軍大将は「はわわっ……」と頰を真っ赤にする。

「そ、その……ここのところローグさまの元気がないようでしたので……」

「な、なるほど……」

そこでようやく俺は彼女がここにやってきた理由を理解した。

「あ、あの……ローグさま。私にはその……ローグさまのお考えになるような難しいことは理解できませんが、なにかお力になれることがあればなんでもおっしゃってくださいね」

そう言うと彼女は相変わらずそわそわした様子で俺から離れると「で、ではまた」と逃げるように部屋から出て行った。

そして、俺と机の上のねちゃねちゃの三角形のヒトデが取り残された。

いったい彼女はこのヒトデでどうやって俺を元気づけようとしたのだろうか？

その真意は俺には全く理解できなかったが、この気持ち悪いヒトデを眺めていると自分の悩みがなんだかどうでも良いことのように思えて少しだけ元気が出た。

ま、まあ結果オーライか……。

※　※　※

あの変な形のヒトデのせいで不安がなくなったという事実はあまり受け入れたくはないけれど、結果的にはあのヒトデに救われた。

いや救われたわけではない。あのヒトデがあまりにもしょうもなさすぎて、自分の悩みが少しだけどうでも良くなった。

あ、そうそう。グレド大陸到着前にフリードから伝書飛龍が戻ってきた。

フリード曰く、ウルネア港で船に忍び込んだ不審な少年を捕まえたということらしい。とりあえずその少年がラクアかどうかはわからないが、その他に不審な少年はいなかったらしいので、とりあえずは一安心である。

ラクアの襲撃を恐れることなく魔王と交渉ができそうだ。

まあとにもかくにも俺は無の心でグレド大陸にたどり着くことができた。

船から下りると既に伝書飛龍によって上陸の知らせを聞いていた魔王ことハインリッヒ・シュペードが俺たちを出迎えてくれた。

「ローグさま、それにミレイネさまもお久しぶりです」

そんな魔王に先に返事をしたのはミレイネだ。

「久しぶりね。なんだか前よりも少し凛々《りり》しくなったんじゃない？」

なんて軽口を叩くミレイネに魔王はわずかに笑みを漏らして「ミレイネさまも一段とお美しくなりました」と返した。

が、すぐにもとの表情に戻ると俺を見やる。

「お久しぶりですローグさま」

「お久しぶりですハインリッヒさま」

そう返して俺たちは握手を交わす。と言っても手の大きさが違いすぎるので魔王の鋭い爪を掴むのが精一杯だが。

「しかし急遽《きゅうきょ》、それもローグさまが直々にグレド大陸を訪れるとは。なにか緊急のご用件でもあるのでしょうか？」

なんて尋ねてくる魔王の目は俺の心の中を見透かすようであった。

魔王は察しのいい男である。当然ながら今回の訪問が緊急を要するものであることはすでに理解しているようだ。

俺は誤魔化《ごまか》すことなく単刀直入に会話をするのが好きである。

が、今の俺には本題を単刀直入に伝えるほどの精神的な余裕はない。

そして、そんな俺の心中もまた魔王は察してくれたようで「まあ立ち話もなんですから城へと向かいましょう。グレド大陸は大陸をあげてローグさま、ミレイネさまを歓迎いたします」と言って近くに停車していた馬車へと俺たちを促した。

それから俺とミレイネは魔王とともに魔王城へと向かう。海軍大将とカナリア先生は後ろの馬車に乗りこんで俺たちの後を追った。

そして魔王城へと到着すると、俺たちはそのまま食堂へと案内される。テーブルにはすでに食べきれないほどのご馳走《ちそう》が並んでいた。

「美味しそう……」

なんてミレイネが目を輝かせながらご馳走を眺める。

そんな彼女の発言が、場の緊張感をわずかに癒やしてくれたのは予想外であった。

入り口付近へと目をやると海軍大将とカナリア先生が少し羨ましそうに料理を眺めている。

カナリア先生には食事を少し取り分けてあとで食べさせてあげよう。

なんて考えながらありがたく魔王に出されたご馳走に舌鼓を打っていたのだが。

「そろそろお聞かせいただけませんか？」

食事をとりはじめて少し経《た》ったところで、魔王はわずかに笑みを浮かべながらそう口にした。

まあいつまでも話さないわけにはいかない。ということで俺は本題を口にすることにした。

「単刀直入に申し上げれば、ケビン石についてハインリッヒさまに提案したいことがございます」

「我々はケビン石について他国と交渉をすることはなにもございません」

魔王は間髪を容《い》れずにそう答えた。特に表情を変えずに淡々とそう答える姿に意志の強さを感じる。

が、魔王はしばらく俺を見つめてからわずかに表情を緩めた。

「ですが、そのことはローグさまもよくご存じのはずです。それでもなお言いづらそうに我々にそのような提案をなさるということは、それ相応の理由があるのでしょう」

その通りである。本当にこのハインリッヒ・シュペードという男は洞察力に優れている。

「はい、それ相応の理由があるため、グレド大陸に参りました」

「わざわざこのような遠い地まで赴いてくださったのです。交渉はともかくローグさまのお話をお伺いするぐらいの誠意は見せないと失礼ですね」

どうやら話ぐらいは聞いてくれるらしい。

ということなので、俺は下手な小細工はせずに話し始めることにした。

これまでの自分たちの行動を包み隠さずに魔王に説明した。

俺たちがレビオン・ガザイ王国を訪れたこと。その理由が魔法石を手に入れて軍備を拡大するためだということ。さらにはリルアが俺の着けていたペンダントを見てケビン石に興味を持ったことなどなど。

当然ながら俺がわざわざこのことを魔王に話しに来たのは、ケビン石をグレド大陸が輸出すれば二等玉をアルデア中立王国が手に入れることができるからだとも隠さずに話した。

まあ隠していたところで、わざわざ俺がケビン石の交渉のためにここまでやってきたことを不審がられるしな。

そんな俺の話を魔王はただ黙ったままじっと聞いていた。

全て聞き終えたところで魔王は「なるほど」と呟《つぶや》く。

「それでグレド大陸にいらっしゃったのですね？」

「ええ、それがことの顚末《てんまつ》です」

そんな俺を見極めるように魔王はしばらくじっと俺を見つめてから不意にわずかに表情を緩ませた。

「少し安心しました」

そしてそんなことを言う。

「安心……ですか？」

「ええ、ローグさまは船を下りられたときからなにやら思い詰めたような表情をされておられました。おそらく、ローグさまは我々にケビン石の話をすることを躊躇されていたのでしょう。そんなローグさまを見て私は少し安心しました」

安心してもらえる分には文句はないのだが、それでも魔王が安心した理由は俺にはわからない。

ぽかんとする俺に魔王が笑みを漏らす。

「いえ、もしもローグさまが淡々とケビン石を売るように我々に告げていたとしたら、私はローグさまに、そしてアルデア中立王国に不信感を抱いていたでしょう。ですが、そのように言いよどまれるということは、ローグさまは我々の気持ちを深く理解しておられるということです。そのことに私は安心したのです」

「あぁ……なるほど、そういうことでしたか……」

どうやら俺の不安は思いがけず魔王を安心させたようだ。

「ならば安心ついでにハインリッヒさまにケビン石を輸出することのメリットを話しておきましょう」

「どうぞ」

「ケビン石がもしも流通すれば大きな評価を受けるでしょう。そうなればこのグレド大陸に大きな富をもたらすことになります。それにレビオン王国の研磨の技術は世界最高と言っても過言ではありません。このケビン石を今以上に輝かせることもできるでしょう」

「確かにそうですね」

「綺麗事《きれいごと》ばかり並べるのも胡散臭《うさんくさ》いので本音を申し上げると、われわれも西グレド会社を介してケビン石で富を得ることができます。それに先ほども申し上げたように我々は二等玉を手に入れることができて災いを避けることができます」

「なるほど」

と笑顔で淡々と相槌を打つ魔王。特に俺の言葉を否定するわけではないが、話していても手応えを全く感じないのも事実である。

一通りグレド大陸のメリットについて話したところで魔王は一つ大きく呼吸した。

「おそらくローグさまのお言葉に嘘偽りはないでしょう。ケビン石を輸出すればグレド大陸は大きな富を手に入れることができるでしょう。グレド大陸を統べる者として、グレド大陸の民の生活が豊かになることはこの上ない喜びです」

「であれば」

「ですが、それでも私はこのケビン石を輸出するわけにはいかないのです。ケビン石を輸出することは我々の魂を切り売りすることと同義。我々にとってケビン石は命の次に大切な物と言っても過言ではない。ローグさまがこのような提案をされるのは我々グレド大陸の生活を心配してのことだと私は受け止めます。ですが、これだけは我々は譲ることができないのです。それに」

「それに？」

「ローグさまはケビン石を輸出することの最も大きな危険性をまだ話していない」

「ええ、世界の人々がケビン石の魅力に取《と》り憑《つ》かれたときに起こりうる最悪なシナリオについてです」

「危険性ですか？」

そこまで言われて俺はようやく理解した。

「ケビン石に価値がありすぎるとよからぬ争いの種になるということですね」

「ええ、それが魔族であっても人間であっても欲には勝てないのです。欲望とは底なしの沼のような物です。いつまでも彼らがケビン石に正当な対価を払い続けるとは我々には信じられない。それはすでに歴史が証明しています」

「…………」

その通りだ。俺には二つの世界の記憶が存在するが、その二つの世界、どちらの歴史でも利権のために大国は平気で戦争を引き起こし独占を試みるのだ。

そうなってしまえば目も当てられない。

「もしも我々がケビン石を他国に売り渡すときがくるとすれば、それはグレド大陸の存亡が揺るがされたときです。私はグレド大陸の民の命を軽視してまでケビン石を守ろうとはしない。ですが、そうでない限りはケビン石を守り続けます」

そこまで言われてしまえば、返す言葉はなにもない。

諦めるしかないのだ。俺はグレド大陸との関係を悪化させてまでケビン石を手に入れるつもりはない。

それは決して感情的な話だけではなく、グレド大陸はアルデア中立王国にとって最大のパートナーであるのだ。グレド大陸という後ろ盾があるおかげで俺たちは国として存続することができている。

確かに魔法石は魅力である。が、それ以上に俺にとってグレド大陸は大切なパートナーだ。ケビン石がダメならまた他の方法で二等玉を手に入れるために頭を回転させるまでだ。

だから。

「ハインリッヒさまの、いやグレド大陸の方々の考えはよく理解いたしました。野暮《やぼ》な提案をしましたね」

「いえ、君主が自国の利益を最優先するのは当然のこと。ローグさまは君主として正しい選択をしたまでです」

この魔王はどこまでも人格者である。

そんな魔王の態度を見ていて心からそう思う。

改めて魔王の人格に感心していると魔王は「ほら、冷める前にお召し上がりください」と俺に食事を促した。

それからの食事会は和やかな空気で進んでいった。

というのも珍しくミレイネが役割を果たしたからである。

「でね、レビオン王国には遠浅の海があってそこで見るサンセットがとっても綺麗なの。あんたも実際に見たらきっと感動するわよ？　暇ができたら一緒に見に行きましょ？」

どうやら俺が思っている以上にミレイネは魔王に懐いているようだ。

彼女は食事を頰張《ほおば》りながら堰《せき》を切ったようにレビオン・ガザイ王国での思い出話を魔王に話し続けた。

そんなミレイネの言葉を聞きながら魔王もまた楽しそうにしている。

「それは是非とも見てみたいですね。ですが美しいサンセットであればグレド大陸にもユガガという街に海岸があります。是非ともこちらのサンセットもミレイネさまに見てもらいたい。よろしければ明日一緒に向かいましょうか？」

「良いわねっ!!　できればトロピカルジュースを飲みながらカウチに座って優雅に眺めたいわ」

「グレド大陸にも様々なフルーツがございます。是非ともミレイネさまにお召し上がりいただきたい」

「ねえローグ。明日は魔王と一緒にグレド大陸を観光しましょ？　ねえ、いいでしょ？」

と、おねだりモードのミレイネに「悪くないな」と答えると彼女は「やったっ!!」と喜んだ。

そして魔王も嬉《うれ》しそうに笑みを浮かべる。

そのまま和やかな空気で食事会は終わった。

珍しく不安を抱えてのグレド大陸の訪問だったが、魔王の理解とミレイネの人懐っこさのおかげで変なわだかまりを生まずに終えることができそうだ。

ほっと一安心した俺は「ごちそうさまでした」と魔王にお礼を言う。

魔王は立ち上がると俺とミレイネを交互に見やり「では明日はグレド大陸の名所をご案内いたしましょう。楽しみにしていただければ」と笑みを浮かべて食堂を後にしようとした……のだが。

「シャイニングバーストッ!!」

そんな声が広い食堂にこだました。

ん？　なんだ？　と思うまもなく俺の目の前を眩《まばゆ》い光が、凄《すさ》まじい速度で駆け抜けた。

「…………」

その間一秒にも満たない速度である。

あまりにも突然の出来事に、現状把握すらできずにただぼーっと目の前の光景を眺めることしかできない。

眩い光はすぐに消失して食堂に静けさが戻った。

それからも数秒間は思考は停止したままだったが、ようやくなにかマズいことが起きたことを理解したところで食堂の扉へと顔を向ける。

　すると、そこにそいつはいた。

「やっと見つけた……」

　魔法杖を両手で抱えながら何かを必死に睨《にら》みつける少年の姿に、俺の顔から血の気がすっと引いていく。

　そこに立っていたのは間違いない、俺の破滅フラグの元凶にして魔王を倒すために作り出された神童ラクアだった。

　なんでだよ……なんでラクアがここにいる……。

　ダメだ思考が追いつかない。が、これが夢か幻でなければ間違いなく目の前にラクアがいる。

　おいおいなんでなんだよ。フリードは少年を捕まえたって言ったじゃねえか。いや、仮にその少年がラクアじゃなかったとしても商船は全てくまなく検査させたはずだ。

　ありえない。こんなことありえない。

　が、現実に目の前にいる少年はラクア以外の何者でもなかった。

　いや、ちょっと待てっ!!　てことはさっきのシャイニングバーストはっ⁉

　慌てて魔王へと顔を向ける。すると、そこには依然として魔王が立っていた。シャイニングバーストを受け止めたのだろうか、魔王は右手をラクアに向けて伸ばしている。

少しだけホッとする。

魔王の生存を確認して胸を撫で下ろす俺だったが。

ぽた……ぽた……と何かが滴るような音が静まりかえった食堂に響いていることに気がつく。

何の音だ？

一瞬そう思ったが、その疑問はあっさりと解消される。

その音は魔王の左腕から水分が滴り落ちる音だった。

いや、その表現は正確ではない。魔王の左腕があったところから血液が滴る音だった。

さっきまであったはずの魔王の左腕の二の腕から先がなくなっていた。

「ら、ラクア……」

思わず俺は魔王の左腕を吹き飛ばした少年の名を口にしていた。

「あ、あれ？　僕のこと知ってるの？」

それまで殺意に満ちていた少年の表情が、不意に温厚な少年のそれになる。

ラクアはじっと俺の顔を見つめたまま首を傾げていたが、ふいに「あっ……」と少し驚いたように目を見開いた。

「小鳥を助けてくれたお兄ちゃんだ」

どうやらラクアはあのときのことを覚えていたようだ。いつかカザリアで瀕死《ひんし》の小鳥を治療してやったときのことを。

「ラクア……どうしてラクアがここにいる？」

そんな質問にラクアは決意に満ちたような表情で「魔王を討伐するためだよ」と答えた。

ラクアの言葉にそれまで黙っていたミレイネが「どうして？」と声を発する。

ラクアはそこでようやくミレイネの存在に気がついたようで、大きく目を見開いた。

「お、お姉さんはあのとき魔王に捕らわれていたクロイデンの王女様だよねっ⁉　ど、どうしてお姉さんがここにいるのっ⁉」

「どうして魔王を討伐するの？」

「魔王はパパを殺したんだよ。僕が仇をとらなくちゃっ‼」

「違うわ。あなたは勘違いをしている」

ミレイネはそう言うとラクアのもとへと歩み寄っていく。

「おいおいミレイネ、危ないぞ……」

慌てて警告するがミレイネは俺を手で制してラクアに歩み寄っていく。

「あなたのお父様を殺したのは魔王ではないわ。あなたが怒りを向けるべき相手は他にいるはずよ？」

そんなミレイネの毅然《きぜん》とした態度にラクアは少し動揺したように後ずさった。

「ど、どういうこと？　僕は見たよ。魔王の前で冷たくなっていくパパを……」

「信じられないかもしれないけれど、あなたのお父様を殺したのは魔王ではないわ。あなたのお父様はクロイデン軍の放った銃弾の犠牲になったの」

「そんなはず……」

「受け入れなさい。あなたのお父様が私のために勇敢に戦ったことは認めるわ。私はあなたのお父様に心から敬意を払うわ。でも違う。あなたのお父様を殺したのは魔王ではない」

そう言ってミレイネは両手を広げるとラクアをハグしようとした……のだが。

「く、来るなっ!!」

と、ラクアはミレイネの体を突き飛ばすと、逃げるように後退する。

「そんなはずない。僕は信じない」

「信じなさい」

「信じない。だ、だいたいお姉さんは魔王に捕らえられていたはずだよね？　それなのにどうして魔王の味方をするの？」

「それは……いろいろとあなたの知らない事情があるの」

そりゃそうだ。ラクアにとってはおかしな状況である。なにせラクアの目には魔王がミレイネを人質にカザリアの街で暴れ回ったように映っているのだから。

そんなミレイネが魔王の肩を持つなんてどう考えてもおかしい。

「お姉さんも魔王の仲間なの？」

いっきにミレイネへの不信感を抱いたラクアは鋭い眼光を彼女に向ける。

それでもミレイネはうろたえない。

「そうよ。魔王は私のお友達。そして、魔王はあなたが思っているような残忍な存在じゃない。きっとあなたとも仲良くできるはず」

さすがはクロイデン王国の王女である。こういう危機的状況でも一切うろたえることなく堂々としている。

が、俺は不安になる。

そんな彼女の態度がラクアの気持ちを逆撫でしているのではないかと。

そして俺の不安は的中した。動揺したラクアは魔王……ではなくミレイネに魔法杖を向けた。

「おいラクア、やめろっ!!　彼女は関係ないっ!!」

そう叫ぶがラクアは俺にも鋭い眼光を向けてきた。

「僕の邪魔をしないで。僕はお兄ちゃんやお姉さんには恨みはないよ。だけど、僕の邪魔をするなら容赦しないよ」

俺を睨みつけてくるラクア。が、その瞳からはわずかに迷いを感じた。

もしかしてこいつの心は揺れているのか？

「私は自らの命を顧みず、果敢に杖《つえ》を振るったきみの父を心から尊敬する」

と、そこで口を開いたのは魔王ハインリッヒ・シュペードだった。

相変わらず腕から血を滴らせながらそう口にした。

魔王は左腕が痛むのかわずかに表情を歪《ゆが》ませながらもその場に跪《ひざまず》くと、じっとラクアを見つめる。

「が、きみは勘違いをしている。きみの父を殺したのはクロイデン軍の人間だ。私はきみの誤解を解きたい。だから、きみとゆっくりと話し合いたい。私の話を聞いてくれないだろうか？」

「…………」

「どうか……」

ラクアは迷っていた。もしかしたら父を殺したのは本当に魔王ではないのかもしれないと思っているようだった。

「ほ、本当に魔王はパパを殺していないの？」

「ああ、神に誓って言う。私はきみの父を殺してなどいない。さあ、二人で話し合おう」

「…………」

魔王の真摯な態度に、ラクアの表情にわずかに落ち着きが戻る。ラクアはまるで魔王に誘われるように魔王へと向かってゆっくりと歩いて行く。

が、その直後、食堂内に銃声が鳴り響いた。

そのわずかに緩和した空気を引き裂くように鳴り響いた銃声に、場の空気は再び凍り付く。

慌てて銃声のした方へと顔を向けると、そこにはリザードが立っていた。それは魔王の護衛のリザードである。彼は銃口をラクアに向けたまま微動だにしない。

こいつが銃を撃ったのか？　誰に向かって？

いや、考えるまでもない。ラクアへと顔を向けるとそこには相変わらず魔法杖を握ったラクアが立っていた。そして、彼の顔面近くではリザードが撃ち放ったであろう弾丸がきゆきゅると螺旋《らせん》回転をしながら空中に静止していた。

「なぜ撃ったああああああああっ!!」

そう叫んだのは魔王である。

魔王は慌ててリザードの衛兵を手で払い飛ばすとラクアのもとへと駆け寄ろうとする。

が、

「どこまでも卑劣なんだね……」

ラクアがそう呟くものだから魔王は足を止めた。

ラクアはそんな魔王を恨めしそうに眺めると、それでいて不敵にわずかに口角を上げる。

「僕は魔王を許さない」

そう言ってラクアは杖の先でコツンと食堂の床を突いた。直後、杖を中心にまるで蜘蛛《くも》の巣のように食堂の床に細い亀裂が伸びる。

え？　これってマズいんじゃ……。

そう思った直後、石造りの食堂の床がガラガラと崩れ落ちて、食堂にあったもの全てが宙を舞った。

いや、宙を舞ったというよりは、食堂にあった全ての物が床を失い、食堂下の玄関ホールへと向かって落下し始めた。

あ、死んだかもしれない……。

そんなことを呆然《ぼうぜん》と考えながら玄関ホールの床めがけて真っ逆さまに落下していく俺。

が、俺の体が石の床に打ち付けられるその直前に、誰かに抱きとめられた。

「ローグさまっ!!」

そう叫んで俺の顔を覗き込んだのは海軍大将だった。彼女は俺の体を抱きかかえたまま魔法杖を振り回して落下物から俺を守ってくれている。

「ローグさま、お怪我《けが》はありませんか？」

「ないっ!!　それよりもミレイネたちはっ!?」

俺と同じようにミレイネもまた玄関ホールに落下したはずだ。玄関ホールの天井は数メートルあるはずで、そんな高さから落下したらただじゃ済まない。

が、砂埃《すなぼこり》が酷《ひど》くてミレイネどころか一寸先も見えなかった。ただただ耳を劈《つんざ》くような轟音《ごうおん》が玄関ホールに響き渡るだけである。

が、しばらくすると徐々に砂埃が晴れてきた。

ミレイネの姿を発見した。彼女の専属メイド、クロネに抱きかかえられたまま意識を失っているミレイネの姿を。

「ミレイネっ‼」

思わずそう叫ぶとクロネは落ち着き払った様子で「気を失っているだけです」と答える。

そこで耳元で大将の声がした。

「ローグさま、私の体にしっかりと捕まっていてください」

直後、体に凄まじいGを感じる。

そして気がつくと俺の体は魔王城の庭園にあった。

周りをきょろきょろと見回すと、近くにミレイネを抱きかかえたクロネと自力で脱出したカナリア先生の姿を見つける。

どうやら全員無事のようだ。

いや違うっ‼　まだ城の中に何人もの衛兵が残されている。

俺は慌てて海軍大将から飛び降りると魔王城へと駆け出そうとした。

早く助け出さなきゃっ‼

アルデア兵士たちを助け出さなきゃっ!!

奴《やつ》らは俺の兵士だ……ラクアなんかに殺されてたまるかっ!!

恐怖だとか冷静さだとかは怒りの感情の前では無力である。とにかくラクアに俺の作り上げたアルデア中立王国を破壊させてたまるかという気持ちで無我夢中で城へと駆けていく。

が、どれだけ駆けても一向に魔王城へはたどり着かない。

さすがにおかしいと思い後ろを振り返ると、そこには真剣な表情で俺に向かって魔法杖を向けるカナリア先生の姿があった。

どうやら俺は先生に魔術をかけられているようだ。

「先生っ!!　行かせてくれっ!!」

「ダメです。危険すぎます」

「だけどまだアルデア兵士たちが残されているっ!!」

「ダメですっ!!　今、ローグさんが城に行ったところで助けることはできません」

「せめて俺の石化魔法でラクアを」

「ローグさんの精霊さんではあの少年に石化魔法をかけることはできません」

はあ？

「ど、どうしてですかっ!?」

「ローグさんと、あの少年ではあまりにも精霊さんを操る力が違いすぎます。仮にローグさんが石化魔法をかけたところでローグさんの精霊さんはあの少年に弾かれてしまいます。それどころかローグさんは逆流した精霊さんで石になってしまいます」

「なんだよそれ……」

「ローグさまっ!!」

そう叫んだのは海軍大将である。彼女は俺の目の前に跪くと真剣な目で俺を見つめた。

「ローグさま、彼らはローグさまのお命をお守りするために必死に働いてきたのです。あなたさまが城に行っては彼らは犬死にを強いられることになります」

「………………」

どこまでも真剣な海軍大将のそんな言葉に何も返せない。

直後、魔王城から凄まじい爆音が鳴り響き、思わずその場にしゃがみ込む。

おいおい……今度は何だよ……。

恐る恐る魔王城の方へと顔を向けると、そこに魔王城はなかった。

そこにあるのは無数の瓦礫《がれき》の山と、その上でシャイニングバーストを放つラクアの姿と、それを右手一本で受け止める魔王の姿である。

そんな光景を見た瞬間、情けないことに俺の足はガクガクと震えた。

あんなのにどうやって勝てって言うんだよ……。

当然ながら俺はラクアの実力を侮ったことはない。なにせラクアはたった一年で魔王を倒すだけの力を手に入れる神童なのだから。

けれども、現にこの目でラクアと魔王の戦いを目の当たりにして、改めて彼らの強さに震えが止まらない。

こいつらには勝てない……。

これからどれだけ鍛錬を積もうとも、天地がひっくり返ろうとも、この二人の足下にも及ばない。

本能的にそのことが理解できて足の震えが止まらなかった。

が、そんな俺の恐怖など関係なくラクアと魔王の戦闘は続く。

彼らの戦いを見つめながら絶望的な気持ちになる。

やめろ……やめてくれ……ラクア……。

どうして壊すんだ……俺がお前に何をした？

なあラクア……頼むよ……やめてくれ……俺が築き上げた物を壊さないでくれ……。

悲しみでも怒りでもない感情。強いて言うならばむなしさである。

目の前で築き上げてきた物が破壊されていくのを、指を咥《くわ》えて眺めていることしかできない無力感。

魔王をここで失うわけにはいかないのだ。けれども、俺には魔王を助けることができそうにない。

必死に魔王めがけて光線や炎を撃ち放つラクア。それを右手一本で必死にかわす魔王。

が、そこでラクアの体力が尽き始めたのか、彼は膝に手を突くと「はぁ……はぁ……」と肩で息をする。

「パパの仇……パパの仇を取るんだ……」

まるで自分に言い聞かせるように口にするラクアを、魔王はまるで哀れなものを眺めるような目で見つめる。

「きみには私は倒せない。諦めろ」

魔王は諭すがラクアはそれでも魔王を睨みつけると魔法杖を大きく振りかぶった。

「ハイドロハリケーンッ!!」

ラクアがそう叫んで杖を振るうと魔法杖の先端から大量の水が魔王めがけて放水される。

並大抵の人間なら水圧で吹き飛ばされてしまいそうだが、魔王がやはり右手を伸ばすと、彼の手のひらに触れた水は天に向かって逸らされていく。

力の差は歴然としていた。

それでもラクアは諦めない。両手で杖を握り締めながら必死に魔王へと放水を続ける。

そこで俺の頬に水滴が落ちた。

天を見上げるとラクアの放った水が雨となって辺り一面に降り注ぐのが見える。

俺たちも魔王もラクアも魔王城の瓦礫もラクアの作り出した雨でびしょ濡《ぬ》れになっていく。

それでもラクアは放水を止めない。体力が尽きてぶっ倒れるその時まで放水を続けるつもりである。

「うぅ……」

魔王はそこでわずかにうめき声を漏らした。魔王を見やると彼は必死に右手で水を受け止めながらも、その表情には苦悶《くもん》がうかがえる。

魔王が押されている？

いやいや、それはマズい。ここで魔王がラクアにやられてしまったらアルデア中立王国はお終いだ。

なんとかしなきゃ……なんとかしなきゃ……。

パニックになりそうになりながらも、速くなる心臓の鼓動を抑えながら必死に観察を続けた。

何か俺に力になれることはないか？

そこで俺はふとラクアの足下に目が向いた。彼は相変わらず瓦礫の中に足をツッコミながら必死で踏ん張っている。そして瓦礫からは彼が作った雨水が絶えず流れていた。

ちょっと待て……これってもしかして……。

いや、でも成功する確証はない。

でもやらなきゃ魔王が負けるかもしれない。

揺れる心で俺は海軍大将とカナリア先生を見やる。彼女たちは戦いの行方を必死に眺めていた。

それを確認した瞬間、俺は地面を蹴る。そして、一直線にカナリア先生のもとへと駆け寄ると彼女の手から魔法杖を奪い取った。

「ろ、ローグさんっ⁉」

「カナリア先生すみませんっ‼」

目を丸くするカナリア先生にそう謝ると、踵《きびす》を返して魔王城へと駆けていく。

「ローグさまっ‼　なりませんっ‼」

すぐに海軍大将が異変に気がつくが「来るなっ‼　これは命令だっ‼」と彼女を睨むと、彼女は本能的に足を止めてしまう。

今のうちだ。

「ラクアあああああああああああっ‼」

そう叫んで一目散に彼のもとに駆けていくと、ラクアはハッとしたようにこちらへと顔を向けた。

そして、慌てた様子で魔術を中断すると今度はこちらに向かって魔法杖を向ける。

が、

「甘いっ!!」

魔王がそう叫んでラクアは再びハッとして魔王へと顔を向けた。

その隙に魔法杖を突き出すとそのまま彼の足下をめがけて石化魔法をかけた。

ラクアに石化が効かないのであれば、それ以外の場所を石化するしかない。

だから必死にラクアの足下を覆っている瓦礫に石化魔法をかけた。

直後、魔王の右の手のひらから螺旋状に渦巻いた空気泡がラクアめがけて放たれる。

「マズいっ!!」

自身の危険を察知したラクアは慌ててその場からジャンプしようとしたのだが、彼の体が宙を舞うことはなかった。

なぜか？

それは俺が瓦礫とともにそこから流れ出る雨水まで石化したからである。雨によって繋《つな》がれた巨大な瓦礫の山はラクアの足かせになり、彼の体をその場にとどまらせ続ける。

避けることができないことを察したラクアは顔の前に両手でクロスを作るが、魔王の攻撃をもろに食らう。

彼の手から魔法杖が吹き飛び、遥《はる》か後方へと飛んでいくのが見えた。

「ぱ、パパの杖がっ!?」

ラクアは叫んだ。彼は慌てて手のひらで足下の瓦礫に触れると、俺の作った石をいとも簡単に破壊して杖の方へと駆けていく。

彼は地面に落ちた杖を拾い上げようとするが「そうはさせない」と口にした魔王が人差し指と親指をぴったりとくっつけると同時に魔法杖は割り箸のようにパキッと真っ二つに折れた。

「や、やめてよぉおおおおおおおっ!!」

目の前で真っ二つに折れた魔法杖にラクアは叫ぶ。慌てて折れた杖を両腕に抱きかかえると怯《おび》えた目で魔王を見つめた。

「ぱ、パパの大切な杖を壊さないでっ!! ぼ、僕はこの杖でパパからたくさん魔術を教えてもらうはずだったんだっ!!」

「…………」

そんなラクアの叫びに魔王は何も答えない。

なんというか見ていられない……。

それが率直な感想だ。まるで折れた杖を父そのもののように大切に抱きかかえるラクアは、見ていて痛々しいなんて言葉では表せない。

が、勝負は決したように俺の目には映った。

そして、そのことにラクアもまた気づいたようで、しばらくラクアは魔王を恨めしそうに眺めていたが、俺たちに背中を向けると凄まじい速度でどこかへと駆けていった。

それを追いかけるだけの気力は俺にも魔王にも残されていない。

かくして俺たちはラクアを撃退することに成功した。

ひとまずは危機的状況を回避したことに安堵《あんど》した俺は「はぁ……」とため息を吐くが、すぐにそれどころではないことを思い出す。

魔王は左腕を失う重傷を負ったのだ。

早く手当をしなければっ!!

慌てて魔王のもとへと駆け寄ると彼の肘から先がなくなった左腕を見やる。

「ハインリッヒさま、大丈夫ですかっ!?」

「いえ、この程度はかすり傷です」

いやいやどう見てもかすり傷じゃねえだろ。俺は辺りを見回すとカナリア先生を見つける。

「カナリア先生、ハインリッヒさまに治癒魔法をっ!!」

そう叫ぶと先生は「は、はいっ!!」とこちらへと駆けてくる。そして、相変わらずなくなった腕から出血が止まらない魔王に治癒魔法をかけた。

「ハインリッヒさん、痛みはないですか？」

そんなカナリア先生の言葉に魔王はわずかに笑みを浮かべると「おかげさまで」と答える。

「お怪我の具合は？」

そんな魔王に改めてそう尋ねると魔王は笑みを今度は俺に向けた。

「さっきも言ったようにこの程度かすり傷です」

これは俺に心配をさせないための魔王なりの配慮なのだろうか？

が、いくら魔王がかすり傷だと言っても、彼の左腕を見ると同意するわけにはいかない。

「いや……でも腕が……」

だから魔王のなくなった左腕を指さすと、魔王はそれでも俺に笑みを向けてくる。

「腕は半年ほど待てばまた生えてくるので問題ありません」

いや、生えてくるんかいっ‼

思わずそうツッコみそうになった。

どうやら俺と魔王とでは根本的に体の作りが違うようである。まあかすり傷ってことはないだろうけど、俺が思っているほどは深刻な怪我ではないのかもしれない。

「は、生えてくるんですね……それは良かったです……」

「まあまた生えますよ。腕なんですから……」

と、苦笑いを浮かべる魔王だったが、しばらくしてふと驚いたように俺を見てきた。

「え？　もしかしてローグさまは生えないのですかっ？」

「いや、生えませんよ……人間は……」

「そ、そうだったのですか……」

魔王は信じられないといった様子で口に手を当てていた。

正直なところ、魔王に一生モノの傷を追わせてしまったことに少し負い目を感じていたが、腕が生えてくると聞いて安心した。

元はと言えば半年前の俺の作戦の詰めが甘かったのが原因なのだ。責任を感じないわけでもない。

「ローグさま、今宵《こよい》はローグさまをお持てなしするつもりがこのような目に遭わせてしまい……」

そして魔王もまた自身の行いがこのような結果を招いたと責任を感じているようだ。

「いえ、これはなんというか事故のようなモノです。誰が悪いとかそういうことでは……」

魔王をフォローしていた俺だったが、ふと魔王が「それはそうと……」と話題を変えた。

「ローグさま、ケビン石についてですが」

「え？　あ、はい。その件についてはハインリッヒさまが気に病む必要はありません。グレド大陸の方々にとってケビン石が大切な物であることは理解していますので」

唐突にケビン石の話をする魔王に困惑しながらもそう返す。

もちろん二等玉が手に入らないのはアルデア中立王国としては辛い。が、何度だって言うが魔王との関係はアルデア中立王国にとっての生命線である。

クロイデン王国だって魔王という後ろ盾が機能しないと知ればすぐにでもアルデア中立王国に攻めてくるだろう。

二等玉とグレド大陸を天秤《てんびん》にかけたとき、俺は間違いなくグレド大陸を選ぶ。

それに俺はこの魔王のことが嫌いではないのだ。

下手な嘘はつかず、回りくどいことをしない正直なこの魔王は俺と馬が合う。少なくともクロイデンの愚か者たちよりは何倍もマシだ。

だから魔王を安心させるために笑みを絶やさなかった俺だが、そんな俺の笑顔に反比例するように魔王の表情は真剣になる。

ん？

「ハインリッヒさま？」

「私はケビン石の輸出を前向きに考えたい」

…………え？

魔王の口にしたその予想外の言葉に俺は、驚きとともになぜか背筋にわずかに寒気を感じた。

「そ、それ……本気でおっしゃっているのですか？」

「私は下らない嘘はつかない。私は真剣にケビン石の輸出を考えています」

なに言ってんだよ魔王。

お前たちにとってケビン石はアイデンティティのような存在なんだろ？

さっきだってはっきりと断ったじゃねえか。それなのにどうしてそうなるんだよ。

「お言葉ですがハインリッヒさま、グレド大陸の方々にとってケビン石は命の次に大切だと――」

「命の次だから手放すのです」

「は、はい？」

「我々にとってケビン石は神聖な物です。その気持ちに一片の曇りもありません。ですが、我々、いや私にとってもっとも大切なのはグレド大陸に住む民の存在です。それはローグさまもお変わりないのでは？」

当たり前のようにそう聞かれた俺は面食らってしまう。

俺にとってアルデア中立王国の民たちはもっとも大切なもの。

君主として本来当然の考えであるそんなことを俺は今までほとんど意識してこなかった。

俺にとって民たちはどういう存在なのだろうか？

即答できなかった。

「違うのですか？」

魔王のワニのように鋭くて、それでいてどこまでも透き通った双眸《そうぼう》が俺を見つめる。

「当然、もっとも大切なものです……」

思わずそう答えてしまった俺だったが、魔王は少し安心したように頬を緩めた。

そして、続ける。

「だからこそケビン石を売るのです。ですがローグさま、ケビン石の輸出には条件があります」

そこで魔王の透き通った瞳がわずかに濁った……気がした。

「我々に兵器の輸入の斡旋《あっせん》をしていただきたい」

「兵器……ですか？」

兵器とはまた予想外すぎる条件である。まさか魔王が俺に兵器を求めてくるなんて夢にも思わなかった。

「それもできる限り強力な兵器を、できるだけ多く我々が輸入できるよう、ローグさまには手引きをお願いしたい」

「当然ケビン石を輸出していただけるのであれば全力を尽くしましょう。ですが、どうして？」

わからない。俺には魔王の意図が理解できない。

どうして兵器が必要なんだ？　魔王よ。お前は兵器など必要ないほどに最強じゃないか。

目を丸くする俺に魔王は首を傾げた。

「ローグさまは先ほどの戦いをご覧になられたのですよね？」

そんな当たり前のことを尋ねてくる。が、これはあの戦いを見てまだわからないのかという魔王の皮肉である。

「で、ですがハインリッヒさまはラクアに勝ったではありませんか」

「それは否定いたしません。今の少年の力では何度戦っても結果は変わらないでしょう。次は左腕を失うようなへまは犯しません。ですが一〇年後にはあの少年は私を凌《しの》ぐ力を手に入れるでしょう。あの少年はただ者ではない。今の時点で既に私に初めて死の恐怖を味わわせる程度の力を見せつけたのです」

「…………」

残念なことに魔王の見立ては正しい。いや、ラクアが魔王を凌ぐ力を手に入れるまでに一〇年もかからないかもしれない。

なにせ前世の男は実際にゲーム内のラクアで何度も魔王を殺してきたのだから。

「ローグさまはいつか占い師の話を私にしてくださいましたね」

「え？　あ、あぁ……」

そういえばそんなこともあった。

あれは確か半年前、魔王を作戦に参加させるために俺が作った嘘である。いや、ゲームの世界では嘘ではないのだけれど。

「ローグさまはおっしゃいました。私のこの忌まわしき目が開いたとき、私は英雄によって討ち取られると、グレド大陸の民たちは永久に人間に従属することになると」

「言いました。ですがあれは占い師が言った――」

「今日、あの少年を見た私は確信した。その英雄があの少年であることを」

「…………」

「私はあの少年が成長して再びグレド大陸にやってきたときにこの目を閉じ続けていられる自信がない。あの少年がグレド大陸の民たちを殺戮《さつりく》する姿を見たとき、私の心は間違いなく闇に堕《お》ちます。けれどもこの目だけは開くわけにはいかないのです」

「で、ですが……」

「ローグさま、これは私からのお願いです。私は民たちに武器を与え自分たちの身を守るだけの力を与えなければならない。私には君主としての責任があるのです。それはケビン石を手放してでも負わねばならぬ責任です。ケビン石は我々の依《よ》り代です。ですがその魂がなければケビン石は依り代ではない。私はケビン石をただの綺麗な石ころにするわけにはいかないのですっ!!」

「は、ハインリッヒさま、落ち着いてくださ――」

「ローグさま、お願いいたしますっ!!」

そう言って魔王は俺に頭を下げた。このバカみたいに強くて、バカみたいに巨大な魔王が子どもの俺に頭を下げたのである。

そんな魔王の姿に護衛をしていた生き残りのリザードたちも動揺を隠せないようで、ざわついている。

それでも魔王は頭を上げようとはしない。

ここまでされて俺に断る理由などあるだろうか。

「わかりました……ですがこれはビジネスです。あくまで私とハインリッヒさま、双方に利益のある取引なのです。だから頭を下げるのはやめてください」

そこまで言うと魔王はようやく頭を上げた。

「ありがとうございます」

「お礼を言われる筋合いはありません。あくまで対等なビジネスなのですから」

「…………」

魔王は何も答えなかった。

かくして俺は魔王にケビン石を輸出させることに成功した。

これは俺がこのグレド大陸にやってきた目的であり、俺の考えうる最高のシナリオの……はずだ。

なのに俺は自信を持つことができなかった。

本当に良かったのだろうか？

自分のこの選択が結果的に、最悪のシナリオの幕開けになってしまったのではないかと不安にならずにはいられなかった。

結局、その後、俺たちは郊外へと移動して魔王の別邸に滞在することとなった。

と言ってもいつまたラクアが攻撃をしかけてくるかわからない。

ということで魔王軍とアルデア兵で一丸となって別邸を厳重に警備していたのだが、結局、その後ラクアが俺たちの前に現れることはなかった。

※　※　※

ラクアにとっては考え得る最悪の結末だった。

「ごめんねパパ……本当にごめん……」

あの後、魔王城から逃げ出したラクアは、自分のために出航時刻を遅らせてくれていた例の商船へと飛び乗った。

体中に切り傷や擦り傷を作って戻ってきたラクアの姿に船長を初めとして船員たちは、ラクアのことを大層心配したが、ラクアはそんな彼らに「ちょっと転んだだけだから」と答えて誰もいない貨物室へと逃げるように駆け込んだ。

船員たちはラクアになにかしら事情があることは理解したようだが、それ以上、ラクアを追及してくることはなかった。

ラクアにとってはありがたい配慮である。

が、今のラクアにはそんな彼らに感謝を述べられるだけの心の余裕はない。

両手に真っ二つになった父の形見を抱きかかえながらラクアは思うのである。

本当に自分が情けないと。

ラクアは差し違えてでも魔王を討伐するつもりだった。

父のように命の危険も顧みず勇敢に魔王に立ち向かうつもりだった。

が、自分が思っていた以上に自分の心が弱かったことをラクアは思い知ることとなる。

怖かったのだ。魔王を見た瞬間、ラクアはこれまで感じたことのないような恐怖を覚えた。それが魔術に現れたのかラクアの攻撃はことごとく魔王にはじかれ、最後は恐怖のあまり逃げてしまった。

怖くて逃げた。

「パパは凄いね……」

そんな自分を情けなく感じるとともに、ラクアは父の偉大さを改めて思い知った。

ラクアの父は決して魔王に怯《ひる》まなかった。魔法杖を折られても素手で魔王に立ち向かおうとした。

そんな勇気は今のラクアにはない。

修行が足りないのだ。少し魔術が使えるようになって調子に乗っていたのだ。

ラクアは自分の今回の失敗をそう反省する。

もっと強くなる。

ラクアは折れた形見をぎゅっと力強く抱きしめた。

「パパ……見ていてね……。次は失敗しないから。魔王を倒してみせるから。その時は僕のことを褒めてよね」

※　※　※

「ローグさま、ウルネアに到着いたしました。下船の準備をお願いします」

グラウス海軍大将が俺の部屋にやってきてぺこりとお辞儀をしたのは、グレド大陸を離れて数日後のことだった。

あ、あれ……いつのまに到着したんだ……。

海軍大将にそう言われて、はっと我に返る。着いたのであればさっさと身支度を整え下船しなければならない。

座っていたベッドから立ち上がると、寝室のクローゼットへと向かいコートを取り出そうとした……のだが。

「な、なんだかローグさまのお目々の下にクマができてます……」

俺を眺めながら、そわそわした様子の大将がそんなことを言う。

クマ？　クローゼットに取り付けられた鏡へと目を向けると彼女が言うように確かに目の下にクマができていた。

指先でクマに触れて軽く圧迫してみるが、当然ながらそんなことでクマがなくなるはずもなく、すぐに諦める。

「あ、あぁ……ちょっと寝不足気味なだけだ。気にするほどじゃない」

そう答えると大将は「そ、そうですか？」と少し何か言いたそうにそわそわしていたが、結局諦めて「では私は警備の手伝いをいたしますので」と言って部屋を出て行こうとした。

それでも部屋を出る直前にチラッと俺を心配そうに眺めていたが、そのまま出て行く。

彼女の背中を見送ると再びコートを取り出して袖に手を通した。

旅の間は比較的暖かい地域にいたし、寝室にはストーブがあるので麻痺《まひ》しているが今のウルネアは真冬なのだ。

薄着で外に出たら風邪を引きかねん。

なんて考えながらコートを羽織り終えると、コンコンと誰かがドアをノックする。「どうぞ」と答えると、ドアが開きミレイネが姿を現す。

「ん？　なんだよ……。船から下りる準備は終わったのか？」

「そんなのとっくに終わってるわよ。それよりも……」

ミレイネは不機嫌なのだろうか、仏頂面でそう答えると俺の方へと歩み寄ってきた。

そして、俺の目の前までやってくると仏頂面のまま俺を睨んでくる。

「な、なんだよ……」

「あんた本気でそのみっともない面で船を下りるつもり？」

「はあ？」

もしかしてクマの話をしているのか？

「このクマはどうしようもないだろ。長旅の疲れが出ただけだ。二、三日休めばすぐに治るよ」

そう答えてみるがミレイネは俺のそばから離れようとしない。

「別にクマなんてどうでもいいわよ」

「だったらなんなんだよ……」

「その冴《さ》えない顔を王国民の前に晒《さら》すつもり？　って聞いてんの」

ミレイネは俺の面構えが気に入らないらしく、腕を組んで頬を膨らませている。

「あんたが何をそんなに思い悩んでいるか知らないけれど、その鬱陶しい顔を見せられる周りの人間の気持ちも少しは考えてくれない？　レイナなんかずっとあんたを心配してそわそわしてるわよ？」

「はあ？　あのなあ、こちとら国王をやってんだよ。やらなきゃいけないことも解決しなきゃなんないことも山ほどあるんだ。そんなことも理解できずに文句ばかり言ってんじゃねえ」

腹が立つ。

こいつは俺がどれほどの苦労をして、どれほど先を見据えて頭を悩ませているのか理解していない。

ミレイネを睨み返してやると、彼女は少し怯えるように身を引きながらもそれでも俺を睨んでくる。

「そういう顔が嫌なの」

「だからどういう顔だよ」

「その他人を見下しているような顔よ。自分は全部理解していて、バカなお前らに俺の悩みなんてわかんないって顔よ」

「…………」

俺は未来を知っているが、こいつらは未来を知らない。当然ながら俺はこのままではアルデア中立王国が崩壊しかねないことも理解しているし、こいつらはラクアがどれほど恐ろしい存在なのかも、魔王の目の秘密も知らないのだ。

当然ながらそんなことをこいつに説明しても理解できないだろうし、苛立《いらだ》ちだけが募っていく。

何も言えずにただミレイネを睨み返していると、ふとミレイネは俺から目線を逸《そ》らして
「はぁ……」とため息を吐いた。

「わかんないわよ。そりゃ……」

「はあ？」

「あのね、私だって周りの部下だってあんたほど頭は良くないし、あんたの悩みがどんなものかも理解できないの。あんたが優秀な国王だってことを認めない人間はこの王国にはいないわ」

「………」

「だけどこれだけは言っておいてあげる。あんたは自分で思っているほど自分の事を理解していないわよ」

俺にはミレイネの言葉の意味が理解できなかった。

「すくなくともお前らよりは理解している」

「それはどうかしら？」

ミレイネは『疑わしいわね』というような顔で首を傾げた。

「あんたレイナに過去に固執して後悔するなとか、大将なら大将らしく胸を張れとか大層立派なことを言ったらしいじゃない。レイナはあんたに言われたことを『ローグさま名言集』って書かれた手帳に書き記して大切に保管していたわよ？」

　はあ？　あいつそんなことしてんのか……。

　い、いや。

「だったらなんだよ」

「今のあんたの顔はこのあいだのレイナの顔と一緒よ。あんたの今の顔を見て部下や王国民たちは安心できるかしら？」

　そう言ってミレイネは唐突に窓の方へと歩いて行き、そこでカーテンをばっと開いた。

「見なさい」

　ミレイネは窓の外を指さす。

「はあ？」

「いいから見なさい」

　としつこく言うものだから、俺は窓辺へと歩いて行き彼女の指さす方向へと目を向けた。

「なっ……………」

　埠頭にはあふれんばかりの王国民の姿と、その先頭でなにやら心配そうにそわそわしているフリードの姿が見える。

　おいおい、こんなに人が集まってるなんて聞いてないぞ……。

　さてはフリードの奴、大々的にやりやがったな……。

「王国民たちはあんたが出てくるのを今か今かと待ちわびているわ。そんな王国民たちを裏切るつもり？」

「…………」

「レイナに手本を見せなさい。いや、全ての王国民に国王としての威厳を見せなさい。あんたが何に悩んでいるか知らないけれど、あんたがまずやるべきことは王国民を安心させることよ。じゃあ、私は先に船から下りてるから」

そう言ってミレイネは俺の目を覚まさせるように、俺の背中をパンと力強く叩いた。

「ってえなぁ……」

文句の一つでも言ってやろうと思ったが、ミレイネは部屋を出て行ってしまった。

「…………」

誰もいなくなった部屋で俺は再び窓の外を眺める。

しばらく眺めてから再び視線を室内に戻して姿見へと歩いて行くと、鏡に映った自分の姿を眺めやる。

確かにこうやって見るとろくな顔をしてねえな……。

その酷い面をしばらく眺めた俺はパンパンと自分の頬を叩いて、コートに付いた埃《ほこり》を手で払うと胸を張った。

「よし」

エピローグ

ウルネアの港ではローグ・フォン・アルデアの帰還を待つ多くの民衆たちが入り乱れていた。そんな民衆たちを背にフリードはそわそわしていた。

ローグがウルネア港を離れてから、フリードはずっとこの調子である。

ローグは旅の途中で怪我《けが》をしていないだろうか？　よからぬ病気にかかっていないだろうか？

そんな不安で頭がいっぱいになったフリードは不安を抱えたままローグの代わりに公務を行っていた。

正直なことを言えばとても仕事が手に付かなかったが、公務をおろそかにしていればきっとローグに厳しく叱られてしまう。

だから、不安と戦いながら今日までフリードは一生懸命公務を続けてきた。

そして、ようやく今日という日を迎えたのである。

幸いなことに伝書飛龍の情報ではローグが怪我を負ったり病気になったりしたという報

告はない。

それでも自分の目でローグの無事を確認するまでは気持ちが落ち着かない。

そしてフリードにはもう一つ不安なことがあった。

それはローグが自信を失っていないかということだった。フリード自身ローグの作り上げたこのアルデア中立王国に誇りを持っている。

が、この国はまだ発展途上であり、世界にはアルデア中立王国よりも巨大で発展した国がいくつもあるのだ。

ああ見えてローグ・フォン・アルデアという男は繊細な心の持ち主であることをフリードは知っている。

世界を目にしたローグが自信を失うのではないかと、少し不安だった。

だから、フリードはローグを出迎えるにあたって民衆たちを呼び寄せた。

これほどまでに多くの民衆たちがローグを待っている。これほどまでに多くの民衆たちがローグを支持していることに自信を持って欲しかった。

ローグの私物である櫛《くし》をぎゅっと握り締めて、フリードはローグが船から下りてくるのをただただじっと待つ。

「皆の者～静粛に～っ!!」

とそこでそんな声が埠頭《ふとう》に響き渡った。そこにはタラップの上に立つグラウス海軍大将。

その手には拡声器が握られている。

そんな凜々《りり》しい海軍大将の姿に民衆たちは静まりかえる。

そして、民衆たちがすっかり静まりかえったところで、ローグ・フォン・アルデアが姿を現した。

そんなローグを見てフリードはほっと胸を撫《な》で下《お》ろす。

ローグはなにも変わっていなかった。出発前と変わらない凜々しい表情で背筋をピンと伸ばしてタラップに立ち、民衆を見回すと海軍大将から拡声器を受け取る。

「皆の者っ!!　私はたった今、このアルデア中立王国に帰還したっ!!」

直後埠頭は割れんばかりの歓声に包まれる。熱狂する民衆たちをローグは再び見回すと彼らの歓声が落ち着くのをじっと待った。

そして、民衆たちが再び静まりかえったところでローグは拡声器を再び口に近づけた。

「此度《こたび》の旅は波瀾《はらん》の連続だった。ときには政治的な駆け引きがあり、ときには予期せぬ敵襲もあった。が、私は今ここに立っているっ!!」

と、そこで再び歓声が埠頭を包む。そして、また落ち着くのを待ってローグは再び言葉を発する。

「皆の者っ!!　安心せよっ!!　そして安心して励めっ!!　この私、ローグ・フォン・アルデアがここに君臨する限り、このアルデア中立王国に悠久の安寧を保障するっ!!　皆の者、長らく留守しておったな。ただいま」

そう言ってローグがわずかに歯を見せると、これまで以上に大きな歓声が埠頭を包み込んだ。

そんなローグを眺めながらフリードはハンカチで目頭を拭う。

そして確信した。

大丈夫だ。ローグは自信を失うどころか、これまで以上の自信をつけてアルデアに戻ってきた。

ローグがいる限り、このアルデア中立王国は安泰だ。

ここからは彼の苦労を労《ねぎら》うのが自分の仕事である。でもまずはローグの手をぎゅっと握り締めたい。彼が間違いなく生きていることを確信したい。

フリードは逸《はや》る気持ちを抑えながら、ゆっくりタラップへと歩み寄るのであった。

あとがき

皆さまこんにちは。あきらあかつきです。

この度は拙著『悪役貴族の最強中立国家2』を手に取っていただき、ありがとうございます。

今回は一巻以上にヒロインたちが縦横無尽に暴れ回るお話でした。

本当にみんな可愛《かわい》い。

アルデア中立王国の癒やし担当大臣カナリア先生（めちゃくちゃ強い）。

ただ存在するだけでローグを癒やし続ける可愛くて優しい家庭教師の先生です。

クロイデン王国の王女にして現ローグのご近所さんのミレイネ。

なかなかにじゃじゃ馬キャラではありますが、なんだかんだでローグをよく観察していて良き相棒でもあります。

そして外せないのが元気いっぱいレイナ・グラウス海軍大将。

今回もとにかくローグにたくさん褒めてもらいたくて一生懸命頑張ってますっ!!

前巻では各々とローグとの掛け合いがメインでしたが、今回はヒロインたち同士の掛け合いも楽しめるかと思います。

世界有数のリゾート地に出向き、美味《おい》しいジュースを飲んだり、可愛いお洋服を買ったり、さらには美しいビーチで海水浴を楽しんだりと夏を満喫しております。

彼女たちの可愛さだけでも一読の価値はあるかと思いますので、まだお買い上げになられていない方は是非是非これを期にお買い上げいただければ。

ということで以下は謝辞となります。

まずは担当編集のSさま。今回でタッグを組んで四冊目となりましたが、今回も大変お世話になりました。毎度SNSにて積極的に宣伝をしていただきありがとうございます。今後ともよろしくお願いします。

そしてイラスト担当の福きつねさま。今回も可愛いイラストをたくさん描いてくださりありがとうございました。特に先生が描いてくださるレイナちゃんはとても生き生きしていてとっても素敵でしたっ!!

その他にも僕の知らないところで大勢の方のご尽力があったかと思います。本作の制作に携わってくださった全ての方にこの場を借りて感謝申し上げます。

そして最後に本作を手に取ってくださった全ての読者さまに最大級の感謝を。

本当にありがとうございます。これからも少しでも面白い小説が書けるよう精進して参りますので、あきらあかつきをよろしくお願いします。

それではまた皆さまとお会いできることを願いながら今回は筆を置かせていただきます。

二〇二四年八月七日、自宅にて。

悪役《あくやく》貴族《きぞく》の最強《さいきょう》中立《ちゅうりつ》国家《こっか》2

著　あきらあかつき

角川スニーカー文庫　24340

2024年10月１日　初版発行

発行者　山下直久

発　行　株式会社KADOKAWA
〒102-8177 東京都千代田区富士見2-13-3
電話　0570-002-301（ナビダイヤル）

印刷所　株式会社暁印刷
製本所　本間製本株式会社

Printed in Japan　ISBN 978-4-04-115437-3　C0193

★ご意見、ご感想をお送りください★
〒102-8177 東京都千代田区富士見 2-13-3
株式会社KADOKAWA　角川スニーカー文庫編集部気付
「あきらあかつき」先生「福きつね」先生